河南师范大学优势特色学科资助成果

教育部2017年度高校示范马克思主义学院和优秀教学科研团队建设重点项目
《增强大学生对思想政治理论课的获得感研究》（17JDSZK021）

河南师范大学马克思主义
"牧野论丛"

20世纪50—70年代文学中的青春心态与德育价值研究

王秀杰　著

20SHIJI 50—70NIANDAI WENXUE ZHONG DE
QINGCHUN XINTAI YU DEYUJIAZHI YANJIU

上海三联书店

河南师范大学马克思主义"牧野论丛"总序

马克思主义理论学科的建设和发展对于繁荣中国哲学社会科学、做好意识形态工作、发展 21 世纪中国的马克思主义、落实党和国家的教育方针，具有重要理论价值和现实意义。自 2005 年马克思主义理论一级学科建立以来，在全国众多专家学者的努力下，马克思主义理论学科的发展呈现一片繁荣景象：学术交流争鸣更加频繁，学术研究范围更加广泛，学术成果迅猛增长。在此大背景下，河南师范大学马克思主义学院决定推出马克思主义"牧野论丛"，以期为马克思主义理论学科发展作出自己的贡献。

河南师范大学坐落于广袤的牧野大地，马克思主义学院为河南省重点马克思主义学院，其前身是成立于 1951 年的平原师范学院马列主义教研室，1986 年改设政治理论教学研究部，2001 年与学校德育教研室合并，更名为社会科学教学部，2011 年正式成立马克思主义学院。学院主要承担马克思主义理论学科建设和全校本科生、研究生及独立学院、继续教育学院学生的思想政治理论课教学任务。学院专任教师中教授 20 人、副教授 36 人、博导 11 人，博士 48 人，拥有教育部 "新世纪优秀人才" 1 人、河南省优秀专家 2 人、河南省学术技术带头人 2 人、河南省高校哲学社会科学优秀学者 2 人、河南省百名优秀青年社会理论人才 4 人，1 人入选教育部 "思想政治教育杰出青年人才" 培育计划，1 人被评为 "高校思想政治理论课教师 2017 年度影响力标兵人物"，1 人入选 2015 年全国思想政治理论课优秀中青年教师择优资助计划，1 人获得 "全国高校思想政治理论课教学能手" 称号，多位教师先后获得 "河南省教学标兵" "河南省思想政治理论课优秀教师" "河南省教学能手" 等荣誉称号。

学院现有马克思主义理论博士后科研流动站，马克思主义理论一级学科博士点，马克思主义理论一级学科硕士点，少年儿童组织与思想意识教育、课程与教学论（思政）、学科教学（思政）3 个二级硕士点以及中国共产党历史、马克思主义理论、思想政治教育 3 个本科专业，形成了马克思主义理论本硕博一体化人才培养体系。学院拥有 "全国高校思想政治理论课教师研修基地" "全国高校思想政治工作队伍培训研修中心" "共青团中央中国特色社会主义理论体系研究中心研究基地""中国共产党革命精神与中原红色文化资源研究中心""青少年问题研究中心""少年儿童组织与思想意识教育研究中心""中原红色文化研究中心""河南省中共党史协同研究基地"等多个国家级、省部级学科平台。

2011年建院以来,马克思主义理论学科快速发展,取得了较为丰硕的科研成果。先后获批国家社科基金重点项目3项,一般项目17项,国家自然科学基金项目1项,省部级项目49项,横向课题28项,各项科研经费累计近800万元。获得河南省社会科学优秀成果奖、河南省政府发展研究奖等省部级以上科研奖励20项。出版学术著作30余部,在《马克思主义研究》《人民日报》理论版、《光明日报》理论版等权威期刊发表高层次学术论文30余篇,在CSSCI源期刊、中文核心期刊发表学术论文230多篇,一批学术论文被《新华文摘》《中国社会科学文摘》《中国人民大学复印报刊资料》转载或摘编,在学界产生了较大影响。学院还积极致力于社会服务,在政府决策咨询、理论政策宣讲、红色文化资源开发、教师研修培训、横向项目协作等方面,发挥了积极的作用,服务社会的功能有效彰显。

为支持和鼓励学院教师开展马克思主义理论相关研究,我院从2017年开始组织出版马克思主义"牧野论丛",本次出版的专著是第三批。该丛书的作者均为我院中青年教师,他们潜心马克思主义理论教学科研工作，本批专著是他们近年来学术研究的结晶。我们相信本丛书的出版一定会激励学院教师更加努力地开展马克思主义理论相关研究，撰写高质量的学术成果，更多专著将陆续与读者见面。当然，他们的专著还有许多不足之处，还敬请各位专家同行批评指正。

河南师范大学马克思主义学院

目 录
Contents

序

文艺是时代前进的号角，最能代表一个时代的风貌，最能引领一个时代的风气。中国共产党在领导人民进行革命、建设、改革的伟大实践中，文艺始终发挥着重要作用。毛泽东在延安文艺座谈会上的讲话指出，"要使文艺很好地成为整个革命机器的一个重要组成部分，作为团结人民、教育人民、打击敌人、消灭敌人的有力的武器"；邓小平曾多次强调，"文艺工作对人民特别是青年的思想倾向有很大影响""对于培养社会主义新人，对于提高整个社会的思想、文化、道德水平，文艺工作都负有其他部门所不能代替的重要责任"；江泽民在全国文代会作代会上的讲话强调，"文艺是民族精神的火炬，是人民奋进的号角。在培育和弘扬民族精神方面，文艺可以发挥独特的重要作用"；胡锦涛在党的十八大报告中指出，广大文艺工作者一定要

"传播先进文化，弘扬人间正气，塑造美好心灵，风成化习，果行育德"；习近平在文艺工作座谈会上的讲话中强调，"文艺事业是党和人民的重要事业，文艺战线是党和人民的重要战线。""实现'两个一百年'奋斗目标、实现中华民族伟大复兴的中国梦是长期而艰巨的伟大事业。伟大事业需要伟大精神。实现这个伟大事业，文艺的作用不可替代，文艺工作者大有可为。"

可以说，文艺作为一种有效资源和载体，在党的思想教育史上从未缺席。因此，如何发挥文艺作品的思想政治教育功能，值得我们思想政治教育工作者进行深入研究。河南师范大学王秀杰老师的这本《20 世纪 50—70 年代文学中的青春心态与德育价值研究》以 20 世纪 50—70 年代文学为研究对象，聚焦这一时期文学中的"青春心态"，进行了理论考察和文本分析。

首先追溯了 20 世纪 50—70 年代文学中的青春心态产生的精神渊源。一是 20 世纪初梁启超的《少年中国说》开启了少年中国运动，使中国文化由老年本位向青年本位转向，产生了中华民族精神的青年化。二是新文化运动培养了一批接受思想启蒙的新青年，在新文化、新思想影响下，爱国青年学生发起的"五四运动"使青年登上历史舞台，开启了中华民族历史上第一个青春时代。三是"左翼"现实主义文学呼唤社会公平和正义的鲜明的阶级立场，对国家、民族和底层平民生存、发展前途的忧患意识和强烈的责任感，对理想的执着和对普通人生存命运的深切关注，深刻影响了 20 世纪 50—70 年代文学创作。

其次，重点分析 20 世纪 50—70 年代文学中究竟呈现了怎样的青春心态。其中建国后"十七年文学"中的青春心态主要表现为：建国之初进化论时间观影响下青春主体生命意志的彰显，"百花时期"青年作家现代性追求中的成长渴望与焦虑，以及在道德层面追求崇高，追逐公平正义的理想青春文化色彩。"文革"文学中的青春心态则表现为"荒诞与混沌：文明沦丧中被异化的青春"和"苍凉与虚无：现代性追求中被流放的青春"两种状态，既有青春的崇拜与狂热、奉献与激情，也有思索与彷徨、觉醒与批判、苍凉与坚韧。

最后，阐述了 20 世纪 50—70 年代文学中的青春心态的生成规律、思想价值、德育价值、艺术风格等。20 世纪 50—70 年代文学涌现了一大批红色经典之作，如《红岩》《红日》《红旗谱》《青春之歌》《林海雪原》等，其魅力首先来自一种精神的呼唤，作品中彰显的青春之美、道德之美、信仰之美，在阅读中传递给读者一种崇高的精神力量，是我们开展德育教育的重要资源。本书通过研究红色经典中的精神密码，把经典的艺术感染力和精神感召力发扬光大，创新了思想政治教育的载体，具有一定的理论和实践价值。

此外，在对文学中的青春心态研究的基础上，王秀杰老师也逐步把研究对象扩展到了电影这一艺术形式上，尤其是对大陆"青春电影"的研究，取得了部分成果，也收录于本书中，以求对青春心态、青春文化有更多元、全面的解读。当然，本书对20世纪50—70年代文学中的青春心态及其德育价值的研究，也存在一些不足，比如理论深度还不太够，跨学科研究的视角还需要进一步彰显，从而更好地发挥文艺作品的思想政治教育功能。

马福运

2021 年 8 月

于河南师范大学勤政楼

前　言

一、选题依据及意义

20世纪50—70年代文学从时间上来界定即为1950年至1979年间的文学创作，也就是我们通常所说的"当代文学"（与"新时期文学"相对应），是对共和国青春时代的全景式描绘。二十世纪五十年代开始，伴随着刚刚成立的中华人民共和国，古老的中华民族展现出了其前所未有的青春风貌，青春崇拜成为一种社会风潮，中华儿女与新生的民族共同体一样，处在一个充满想象和期待、欢呼"青春万岁"的时代，一个誓将青春激情转化为火热生活的时代。在这样的时代背景下，文学创作中也表现出了前所未有的青春心态。这一时期的作家主体是来自解放区的作家和伴随着新中国的成立同步成长起来的青年作家。来自解放区的作家柳青、周立波、杨沫等，由于亲历了抗日战争、解放战争这些缔造新中国的战斗历程，进入和平年代之后，青春与革命的激情依然在心中荡漾，当过上和平、安定的生活后，回忆青春、追忆成长就成为他们创作的主题，背离家庭，改造自我以争取革命资格是其中青年形象的普遍心路历程。这样的青春心态集中体现于革命历史题材的小说创作中，战斗的青春时光和作家在时代震荡中的青春心态从中可窥见一斑。青年作家作为这一时代的创作主体之一，首先体现在青年诗人的创作，邵燕祥、李瑛、公刘把青春的激情与革命和建设结合在一起，谱写出了对于青春时代的歌颂以及青春体验之中的反思。在小说创作领域，王蒙、刘宾雁、李准等青年作家在个人青春时代与国家青春氛围的共振中，用一系列的青年形象表达了其激情万分又复杂交集的青春心态。作家们在时代影响以及代际冲突中塑造青年角色、通过青年角色的青春气质和心路历程，写出了青春的激情和感伤，青春对于生活的想象和青春对于生活的力量，在对青春不成熟心态的体验和描摹中写出了青年的成长过程和群众对这一新生的民族共同体的想象和建构过程，同时在这一建构过程当中也传达出了在那个特定年代作家的创作心态。

本研究旨在把"文学中的青春心态"作为 20 世纪 50—70 年代文学的一种创作现象展开分析，考察呈现于 50—70 年代文学中的究竟是怎样的青春心态，这一阶段文学如何体现诸种青春心态，以及在这样的文本生成过程中作家所塑造的青年英雄形象，这些形象所彰显的青春品格、精神境界、价值选择对于当代青年的德育教育价值。在此基础上，分析特定年代的作家在创作中表现出来的文化心态，这种心态产生的深层社会、历史根源。这将有助于我们深入探究并有效把握20世纪50—70年代文学生成与时代文化语境之间的复杂关系，有助于我们从青春心态这一角度理解和阐释20世纪50—70年代文学的文学史意义，也有利于我们挖掘这一时期文学所特有的文化价值、精神价值和教育价值。

二、研究方法

1. 文本细读法。在对20世纪50—70年代文本的细读中，探究这一阶段文学"表现出了怎样的青春心态"以及"这种青春心态是怎么样表现出来的"，以便于从"青春文化"的角度去理解文学，挖掘文学产生的原因及其深层次内涵。

2. 文化研究与文学研究相结合的方法。在文本细读的基础上，借鉴青年发展心理学、社会学的相关理论和知识，既要从青春文化的角度探讨本时期的文学所凸显的青春文化特质，又要深层挖掘二者之间内在的互动生成机制。

3. 历史与逻辑相统一的方法。从20世纪50—70年代文学的发展历程中，研究梳理 20 世纪 50—70 年代文学在对青春的表达中所蕴含的先进的价值体系，探究符合逻辑的规律和经验，挖掘其对新时代大学生进行思想政治教育的创新路径和时代启示。

4. 跨学科综合研究方法。运用中国语言文学、文化学、思想政治教育学以及传播学等学科的理论、方法和成果进行交叉研究，在对 20 世纪 50—70 年代文学的青春心态及其德育价值的梳理中拓宽研究向度。

三、研究现状

关于文学中青春文化心态的研究，目前学术界主要有刘广涛、周海波、董之林等。在此，我们从历史的场域对学界前人研究做一梳理，从而在以往研究的基础上切入本书的写作。

许子东写于 1988 年，发表于 1989 年《上海文学》第六期上的文章《当代文学中的青年文化心态——对一个小说人物心路历程的实例分析》，以《血色黄昏》中的男主人公"老鬼"为对象，把老鬼的心路历程放在整个当代青年文化心态的历史背景上，剖析了他身上的"文革"文化因子与整个当代甚至现代以及传统文化的关系。指出"'十七年文学'对于'文革'中'红卫兵心态'的形成，具有无可推却无法忽视的影响。""'十七年'的很多作品，在表现'否定个人、改造自我'主题时常常借助于家庭与革命的矛盾冲突，让人们被迫在父

（母）子感情（伦理道德）与阶级感情（政治道德）之间作选择——
这是'前文革'时期中国青年文化心态与传统文化最'决裂'的一个
姿态，这种'决裂'使'文革'必然爆发，同时也隐含了'文革'走
向失败的基因。"甚至新时期的伤痕文学"就其间表现的青年文化心
态而言，实在仍属于'文革文化'的范畴。"① 作者从青年心态的发展
历程上确认了"十七年文学"、"文革文学"、新时期"伤痕文学"在
青年文化心理上的历史传承性。

"五四"新文化运动开启了二十世纪现代中国历史上第一个青春时
代，周海波的《青春文化与"五四"文学》（天津：百花文艺出版社出
版，1996 年 6 月第一版）从青春文化的独特角度对"五四"文学作出
了全新的阐释。作者把"青春文化观念"定义为"在整个文学发展过程
中所出现的较为集中的情思、意旨、某种特别情境以及与此相关的艺术
形式。从作家的情感态度来看，表现青春的心理、情感，探索民族的
青春人格，复兴民族文化的真谛，这正是'五四'文学的一种文化努
力，或者说，五四作家对世界、对本民族文化的认识与理解。青春文化
的构成与发展，在作家的情感态度、艺术思维与人生观等方面产生制约

---

① 许子东：《当代文学中的青年文化心态——对一个小说人物心路历程的实例
　分析》，《上海文学》1989 年第 6 期。

作用，影响着作家的创作，从而影响着新文学的艺术发展。"① 沿着这一对"青春文化观念"的理解和认同，作者把它视为一种文学思潮，分析了"五四"文学中的人文主义精神，并从文本中找出了"太阳""大海""女神"等意象，阐释其青春意蕴和审美风格，使"五四"文学在"人的解放"主题之外又开拓出了新的意义空间。

符杰祥的《论左翼浪漫主义文学思潮的青春文化品格》把风行于20 世纪 20 年代末 30 年代初的左翼浪漫主义文学作为一种思潮，追溯了其产生的精神渊源，认为"充满青春气息的'五四'浪漫主义思潮给左翼浪漫主义思潮提供了文化与精神资源"，"在不同层面的历史合力汇聚下，大革命时代呈现出与'五四'既相似又相异的青春品格，而浪漫主义文学思潮的复兴，正是一批富有青春人格精神的激进青年敏于时代召唤的积极应答。"在与"五四"的启蒙文化进行对比之后，作者指出，从文化形态上讲，"浪漫主义的文化形态属于青年文化的范畴。同样，浪漫主义的青年文化特点不仅是因为许多青年走向了浪漫主义，更在于其理想性、情感性、情绪性这样一些本质规定性。"②作者从文化形态上对左翼浪漫主义思潮的研究给了笔者很大启发，因

---

① 周海波：《青春文化与"五四"文学》，天津：百花文艺出版社，1996 年，第68 页。
② 符杰祥：《论左翼浪漫主义文学思潮的青春文化品格》，《东方论坛》2000 年第2 期。

为本书所要研究的 20 世纪 50—70 年代文学，从大的文化范畴来讲与左翼文学有着较为深厚的精神渊源，北京大学洪子诚教授曾经说过："'十七年文学'是'左翼文学'的延伸，对'左翼文学'不能轻易抹杀，要好好研究。"①洪子诚教授在《当代文学史教程》中曾以"一体化"来结构"文革"前的当代文学，但是随着研究的深入，他也对这种看法有了调整，开始从"左翼文化"的精神脉络上重新审视"十七年文学"和"文革文学"，这种文学研究的视角以及左翼文化与青春文化在精神意蕴上的相通性将成为本书研究 20 世纪 50—70 年代文学的青春心态的切入点之一。

董之林的《追忆燃情岁月——五十年代小说艺术类型论》提出"青春体小说"是 50 年代小说的艺术类型之一，并从青春叙事的审美风范、代际对比与青春形象、"生活在别处"的青年心理、青春感伤的艺术特质等方面分析了 50 年代小说中的青春气韵、英雄理想和浪漫情怀，认为"一方面，这种小说类型的出现是文学对新中国成立初期除旧布新时代的反映，它描绘和展示了古老的中华民族在这一特定历史时代所展示的青春风貌；另一方面，这一特定时代也赋予作家以青春的心态，或者说青春勃发的时代氛围，更容易与满怀理想的一代青年创作心理特质形成共鸣，并激励他们在文坛脱颖而出。"作为一

① 《当代学者、评论家谈中国当代文学》，《中华读书报》1999 年 9 月 29 日版。

种创作心态，"它对勘测未知领域有强烈的欲望，并以奔突不羁的情感呈现形式，拓宽了原有文学母题的疆界。"[1] 董之林是站在 20 世纪 80 年代以后社会向市场经济转型，道德和理想在商业化时代的刺激下日益滑坡的文化语境下，把目光放在 50 年代的文学中，试图寻找这一特定时代文学留给我们的文化资源和精神资源，这一研究向度有助于我们在"20 世纪中国文学史"的框架内深度挖掘 50 年代文学的审美特质和精神内涵，但不难发现这样以为市场经济时代寻找精神支撑为出发点，研究的过程中未免因为主观的理想色彩而并没有把 50 年代小说中的深度内涵释放出来。这一时期文学中的"青春心态"到底是一种什么样的面貌和本质，还有待于我们进一步研究。

刘广涛的博士论文（2003）《百年青春档案——20 世纪中国小说中的青春主题研究》，博士后研究专著《二十世纪中国青春文学史研究——百年文学青春主题的文化阐释》（齐鲁书社，2007 年 12 月第一版），相继在 20 世纪的宏大时空内从主题学的角度分析了不同时期文学中的"青春理想""青春崇拜""青春反叛""青春流浪""青春病态""青春情爱"主题，把"青春"贯穿在文学题材和思想内涵的发展中描绘出了百年文学青春档案的主题内涵。在对文学中青春主题进行

---

[1] 董之林：《追忆燃情岁月——五十年代小说艺术类型论》，郑州：河南人民出版社，2001 年，第 43—44 页。

研究的基础上，刘广涛博士又从文学史的视角，从史论结合的角度阐释了 20 世纪中国文学的青春文化内涵，作家与青春主题的关联，并对一些典型文本做了青春学阐释。可以说他在 20 世纪中国文学的青春主题以及青春文学史研究方面走在了前列，我们从论著中所选取的一个个代表性作家和作品中看到了 20 世纪青春文学"点"的丰富性，但对"面"和"体"的整合，作为"史"的链条上的文化继承与反叛、交织与错综作者并未作出理性的勾勒，这方面还需我们进一步研究，在细节方面，作者在处理 20 世纪 50—70 年代文学中的青春文化的时候仅以王蒙为例，用"岁月峥嵘 青春万岁"这一单向度的青春色彩，一定程度上遮蔽了"十七年文学"和"文革文学"中青春主题和青春文化的复杂形态。

西北大学高京的硕士论文（2008）《文学的追寻与自我的可能——论中国当代文学中的青春写作》，文章所论的青春写作概念"首先是青年作家的创作，即个体在社会化过程中所进行的文学书写活动。它是作家将自身对社会人生的体认转化为文学表达的初始尝试，也是每一时代横断面上文学生态的重要组成。其次，从创作发生学的角度讲，青春写作体现了主体对自我的找寻与确认。它既是年轻人自我意识形成过程中对外部世界与内在心灵的探视以及成长情绪的表达，又是文学青年在创作道路上试图摆脱'影响的焦虑'，确立新的经验主体与言说方式的努力。第三，受制于较为单薄的人生经验，青春写作在反映生活的深广度和思想性、艺术性等方面必然不够成熟。但这种处于生成状态的、与主体的成长同步的、鲜活新颖而又不稳定的审美创造活动却往往孕育着新的文学可能。"① 五六十年代作家的"服从与越界"表现，七十年代地下写作的"觉醒与反抗"冲动，八十年代作家的"启蒙与先锋"精神，九十年代的"另类与时尚"风格与不同时期、不同时代背景下青年作家的心理形成了历史文化意义上的契合，使青年作家的青春写作呈现出了不同的文本特征。该论文给我们的有效启示是把青春写作同时作为一种创作活动和批评话语，深入其中探究作家的成长和文学的生成，实质上更具有青春文学史的理论价值。

苏州大学许欣的硕士论文（2007）《论新时期文学中的青春文化品格》，沿用主题学的视角，以新时期文学为研究对象，选取青春文化内涵突出的文学作品，一方面从崇高、苦难叙事、爱情叙事、都市的双重叙事等主题来阐释新时期文学青春文化品格的独特之处，另一方面从颓废、流浪主题角度分析了新时期文学对政治意识形态的逃离和个性意识鲜明的青春特色。② 论文给人的感觉是作者一直在新时期的文学作品中左顾右盼，努力寻找"青春"模糊的影子，但只停留在

---

① 高京：《文学的追寻与自我的可能——论中国当代文学中的青春写作》，硕士论文，西北大学，2008年。
② 许欣：《论新时期文学中的青春文化品格》，硕士论文，苏州大学，2007年。

"主题"的解读而并未对其"文化品格"做深入的分析，当然这也是研究文学中的青春文化的最艰难之处，把文学与文化研究结合起来需要我们有一定的理论素养和思想积淀，这也是我在借鉴前者并批判继承的同时感到的压力与挑战。

南京大学唐越的硕士论文（2020）《论延安时期至 70 年代文学中的"成长"书写》，研究探讨了延安时期至 70 年代这四十年青春成长命题与个人、与社会的关联。作者认为，"延安时期至 70 年代文学中的成长方式呈现出一种仪式化的成长路径。成人仪式具有标志性的特征，往往是以"入团"或"入党"为标志。主人公成长的完结往往是个体到共同体的融合，具有革命教育意义的主人公形象最终完成了自己的事业，达成了自己的使命，闭合上成长的圆环。""成长者所接受的学校教育充满革命化的特征，负责教育学生的教师和起到模范作用的学生都推动了革命化的学校教育的实现。革命歌谣伴随着主人公的成长，投射出他们的情感和思想；这些爱国歌谣往往有教育意味，引领成长者从个体走向共同体。成长小说中主人公对革命书籍的青睐也是当时社会的普遍现象，可以说正是革命书籍中的政治思想让当时的青年纷纷涌入到革命浪潮之中。"① 作者在研究时间段的选取上前移到

---

① 唐越：《论延安时期至 70 年代文学中的"成长"书写》，硕士论文，南京大学，2020 年。

延安时期，有效勾连了"左翼文学"和 50—70 年代文学的创作品格和文化渊源，并从人物成长的视角，深刻阐释了这种跨时空的文本对话，也印证着红色成长文学具有极大的文学价值、文化价值和德育教育价值。

此外，在 20 世纪 50—70 年代文学中青春心态的个案研究方面，学界也取得了丰硕成果。王龙洋认为，"十七年时期，大陆的作家在进行文学书写时，出现了将视点聚焦于青年的倾向，创作出了《青春万岁》《青春之歌》《大学春秋》《红路》《勇往直前》《战火中的青春》《创业史》《红豆》《组织部新来的年轻人》等一批有关于青春叙事的文学作品。青春叙事成为文学的主流和独特的文学叙事模式。这一时期的文学青春叙事不仅具有'五四'文学和正统马克思主义理论资源的支撑，而且与现代民族国家的想象有着紧密的关联性。"① 李钦彤以浩然的创作为例，认为他对革命的理解和认同与其青春人性对真善美的追求是完全吻合的。革命的认同和真善美诉求二者无抵牾的契合，使得其作品实现了时代精神和人性精神的同构。② 余竹平以王蒙创作于50 年代的《青春万岁》和《组织部新来的年轻人》为例，认为"《青春万岁》形象地展示了青年人如何克服'家庭观念'，从'家'走向

---

① 王龙洋：《论"十七年"文学的青春叙事》，《青海社会科学》2019 年第 2 期。
② 李钦彤：《论浩然的青春文化心态与小说创作的纠结》，《小说评论》2012 年第 2 期。

'群'，寻找归宿的故事，是有关青年人的灵魂改造，求证什么样的人才是'新的人'的问题。"① 的确，王蒙创作这两部作品的时候也正值风华正茂的青春年华，新生的国家、青春和力量和个体的青春相结合，作家以及作品中人物的青春心态、青春体验得到了淋漓尽致的表达。王潇以《红豆》与《青春之歌》为例，研究"十七年"文学知识分子新人型构问题，认为"'十七年'文学知识分子新人的文本型构与文学图景历史性地创造出多个新人形象，形成了多样化的图景。知识分子新人文本型构的意义边界是开放的。在《红豆》与《青春之歌》实在本体型构的'十七年'文学时期，其知识分子新人谱系型构完成了启蒙现代性主潮下未竟的大众化的目标，契合了国家现代性主潮的理念建构之命题。"②

　　以上研究成果既表明了学界对 50—70 年代文学中的青春心态及其德育价值这一问题的长期关注与研究，也为我们站在新时代研究这一时期文学所具有的当代意义、精神力量、文化价值奠定了坚实的学术基础，丰富了价值内涵，拓宽了研究视野。

① 　余竹平：《论王蒙五十年代小说中的青春文化心态》，《小说评论》2012 年第 2 期。
② 　王潇：《"十七年"文学"知识分子新人"型构再思考》，《海南师范大学学报》（社会科学版）2020 年第 5 期。

第一章
20世纪50—70年代的青春心态及其精神渊源

　　在20世纪中国文学和文化史上，"青春"意识被无数作家从长期封建文化老年本位的历史尘埃里唤醒，从梁启超的"少年中国说"，鲁迅的"救救孩子"，到毛泽东的"世界是你们的，也是我们的，但是归根结底是你们的。你们青年人朝气蓬勃，正在兴旺时期，好像早晨八九点钟的太阳。希望寄托在你们身上。"再到新时期以来蜚声于文坛的"80后"写作，青春觉醒已经成为20世纪中国文学表达的重要精神特质和文化内涵之一。本书试图聚焦于20世纪50—70年代文学，在这一带有社会主义左翼文化性质的文本穿梭中，走进当时的文学现场，捕捉那个时代巨变与文学嬗变、文艺与意识形态复杂扭结交织中的文学所特有的左翼青春文化品格。

第一节　青春心态的界定

"青春"这一概念，内涵较为丰富，外延也相对模糊，它可以指生命的某一个阶段，一种生理和心理特征，也可以是一种社会意义上的现象表征，或者某一文化作为一种生命肌体在其发展中的存在形态。同样，"心态"一词，表达的是人作为一个会思考、有情感的生命个体，在宇宙万物、社会万象、人生百态的感悟中文化心理的存在样态。所以，把"青春"和"心态"并在一起，并希求为之下一定义就更突显出了问题的难度。因此，在为"青春心态"下定义之前，首先根据本书的研究对象 20 世纪 50—70 年代文学的特质，交代一下是在什么样的范畴内来讨论文学中的青春心态。

第一，放在生命的链条上，青春是个体成长过程中从"幼者"走向"成人"的过渡状态，因此从心理学和社会学的角度来看，青春心态是作为一个社会成员的"未完成者"在这一生命过渡阶段所具有的心理状态。具体表现为：

首先，情绪上的矛盾性特征。勇于创新又因缺少阅历而带有一定的盲目性；富于理想又容易脱离现实而成为幻想；热情奔放又缺乏是非的识别和判断力；用天真的、不完整的主观认识和愿望来衡量客观世界，因而常常不满现实；容易产生激情，因而往往失去理智对情绪的控制；不甘心束缚，渴望公正和良知，追求乌托邦幻境，又带有涉世未深的冲动。

其次，心理意义上的自我寻找和认同危机。心智发育到一定程度但仍未完成，属于心理性断乳期，这时期的心态主要表现为自我同一性确立和自我同一性危机的矛盾出现。自我同一性确立和自我同一性危机是美国心理学家埃里克·洪伯格尔·埃里克森提出来的，其"同一性"概念直接源于临床经验，埃里克森（Erickson）首次使用自我同一性描述从二战返回的士兵正经历生活中的一致性和连续性缺失的障碍，他在心理实验中发现，"这些士兵缺乏的是同一感。他们知道他们是谁，有个人的同一性，但似乎他们的生活不再连结在一起，有一个核心的障碍，称为自我同一性的缺失。"他认为同一性由三部分组成，即个体的生物学状态、个人的经验组织和社会、文化背景都共同给予一个人独特的意义、形式和持续性的存在。作为一种社会心理现象，它最明显的伴随情况是一种个人身体上的自在之感，一种自知何去何从之感，以及一种预期能获得有价值的人们承认的内在保证。

最后，社会地位上边缘向中心的追逐。身处边缘的社会地位造成了青年人心理上成人感与幼稚性的矛盾，社会角色的确立不可避免地促使青年积极地参与社会事务，借助社会上一些特定的权力和资源优势来拓展个人的生存空间，并且在这种参与的过程中实现自身的社会价值，得到整个社会的肯定和认同。

第二，从文化形态上来看，青春心态介于儿童心态和成人心态之间，是某一社会环境下的文化肌体在形成发展过程中的不完善或者说未完成状态。20 世纪 50—70 年代的青春心态与左翼文化传统具有一脉相承性，左翼文化传统内容庞杂，具体而言，一方面包含追求社会公平和正义的青春理想色彩，对国家、民族和底层平民命运的忧患意识和强烈的社会责任感，另一方面也包含依靠革命来改造世界，解放人民大众的激进浪漫情怀。20 世纪 50—70 年代的青春文化心态继承了左翼的理想色彩和浪漫情怀，但是在民族解放的极度喜悦和精神的空前解放中，作家们对现实的忧患意识和以主观战斗精神对现实的反思能力却丧失了，青春在理想中祈求实现自我但又在盲目的乐观和激情中迷失了方向，青春心态在政治中彰显却在文化上式微，思想与文化力量的减弱使得青春心态丧失了其本该拥有的精神向度。丧失青春文化力的青年在幻想和狂热中极易走向极端和破坏，这也是十七年文学走向文革文学，以及红卫兵青年出现的重要原因。我们认为这种文化形态没有实现自我肌体的独立发展而是时常受到意识形态的牵引，文化发展的不健全、不成熟是青春文化心态最本质的特征。

第三，从 20 世纪中国文学与民族现代性的关系来看，青春文化演变与现代性追求之间表现为一体同构的关系。中华民族在追求现代化道路上的成长性、过渡性、未完成性以及努力自我建构的内在冲动性使 20 世纪 50—70 年代形成了具有鲜明左翼和社会主义性质的青春文化品格。"塑造新人"是新中国成立后文学的主题之一，新人的成长与现代民族国家的成长具有一体同构的文化意义，因而一系列新人形象如何摆脱儿童期的童话与天真，又在成人世界已经确立起来的精神壁垒、权力制约、规范限制中寻找和确认自我就构成了文本中青春心态的实质内涵。可以看出，在"个人"消融于"集体"之中的文化氛围中，"青年新人"对自我的寻找和确认同样也体现了一个现代乌托邦民族共同体对自我身份与地位的寻找和确认，同时也反映出现代中国作为一个主体在其发展壮大过程中的身份和文化焦虑。

五四时期知识分子倡导追求个人的自由和解放来启蒙民众，改变社会落后黑暗的现实。20 世纪 50—70 年代人们主张通过革命实现民族的解放，继而在民族自由和解放的基础上获得人本身的自由。两种不同的方案，却交织着中国文人在个人和集体之间的双向追求。一方面在长期的封建专制压抑和西方以个体为本位的文化影响下，实现个体的自由是人们永不停息的追求，另一方面传统儒家兼济天下的社会责任感使得知识分子不可能置民族与国家于不顾，因此在急剧的社会变革和反复的政治运动中，知识分子的社会公共承担意识必然高度凸显，而呈现出明显的向主流政治意识形态靠拢的倾向。

第四，从审美观念上来说，在民族获得空前解放的前提下，人们的情绪也随之达到了一个激情昂扬的状态，承载青春心态的文本一方面充满了饱含革命激情的浪漫主义、乐观主义和崇高、明朗的民族现代风格。主要表现为：在结构上大多采用的是简单的线性结构，文本语言是纯粹的、一元化的语言，肯定的语气，单纯的、明快的色调，崇高的、庄严的、不容戏谑的语体等都带有明显的时代痕迹。另一方面，过于浓厚的乌托邦想象与抒情色彩呈现出了去自然化，去日常生活化的美学特征，表现在文本内部缺乏人物内在的心理、性格的刻画，多采用戏剧性的方式解决现实生活中的矛盾。这就在潜意识层面体现出作家对于政党意志的过分依赖和对于个体青春意志的不信任，存在着文本内涵上丧失青春自信力的缺憾。

本书把研究的范围放在 20 世纪 50—70 年代文学中，试图从青春文化的视角考察这一阶段文学的独特价值，梳理出一条关于社会的青春文化与作家心态的变化与文学发展关系的潜在脉络，从而挖掘蕴涵在 20 世纪 50—70 年代文学中的那种崇高的精神力量，以及在这种力量支撑下作品中人物所达到的超凡品质和人生极致对于我们今天教育引领新时代青年的重要德育价值。

第二节　20世纪50—70年代作家青春心态类型分析

作家心态，是指作家在某一时期，或创作某一作品时的心理状态，是作家的人生观、创作动机、审美理想、艺术追求等多种心理因素交汇融合的产物，是由客观的生存环境与主体生理机制等多方面因素综合作用的结果。虽然作家自身对生活的体验在创作中起着决定性的作用，但是我们也不可否认作家的心态很大程度上受到外围因素的影响。

新中国成立后50—70年代，古老的中华民族焕发出的青春风貌与作家的青春激情融合在一起，作家的青春心态在创作中表现为如下类型：

一、作家的服从与归属心态

乔治·拉伦(Jorge Larrain)在《意识形态与文化身份：现代性和第三世界的在场》一书中谈道："在文化碰撞的过程中，权力常常发挥作用……只要不同文化的碰撞中存在着冲突和不对称，文化身份的问题就会出现。"① 新中国的成立，意识形态与文化政治的剧变，使得作家们需要重新定位自己的社会角色和文化身份。新中国成立之初，

---

① ［英］乔治·拉伦，戴从容译：《意识形态与文化身份：现代性和第三世界的在场》，上海：上海教育出版社，2005年，第195—206页。

作家们陶醉在革命胜利和民族新生的喜悦中，产生对新生国家的认同心理，在广大的知识分子尤其是作家们身上，引起了热烈、诚挚而持久的感情反应，无论对于解放区作家还是国统区作家来说，这种感情都是炽热而强烈的。绿原在《试扣命运之门——关于"三十万言"的回忆与思考》中曾谈道："他们一个个当时不但兴高采烈、欢欣鼓舞地迎接人民解放军进城，还努力寻找机会参加适当的革命工作，或者进革命大学学习，积极靠拢新政权。这种一致的积极的政治态度并非不可理解，当事人本身固然有各自不同的主观动机，但也还有共同的客观根源：一是对反动而又腐败的国民党政权的彻底失望，二是百年来累累国耻所酝酿的爱国主义情怀，三是人民解放军的辉煌胜利之不可否定的魅力。"① 在这样的情感和情绪支配下，对新生政权的讴歌就成为了文学的时代情绪。胡风的《时间开始了》、郭小川的组诗《致青年公民》、何其芳的《我们最伟大的节日》等都是其中典范之作。

对于青年作家来说，积极地投身于社会，成为社会的合法公民，在社会中施展自己的青春能量，实现青春的价值是他们的首要目标。因此，为了克服自我身份的同一性危机，作家们以其对时代的敏锐感应，对时代抱着乐观主义的态度，用主流的价值观来审视社会人生，因而产生了服从和归属的心态，他们将个人的奋斗与社会群体的前途

---

① 胡风：《三十万言书》，武汉：湖北人民出版社，2003 年，第 16 页。

结合起来，他们内心充溢着强烈的使命感，个人话语的表达欲望与时代主旋律交织在一起，年轻的作家们以高度的自律和自觉成为时代精神的代言者。代表作有王蒙的《青春万岁》《夜雨》《眼睛》等，邵燕祥的《歌唱北京城》等。

二、作家的批判与建构心态

作家的批判源于青春理想与现实的冲突，虽然意识形态统摄下的乌托邦理想激发了年轻人的创作热情，并为他们提供了登台亮相的机会。但是一旦作家们看到现实的社会状况并不像当初为他们所承诺的那样，而是矛盾重重，人们并没有如期过上美好的生活时，青春的单纯和理想色彩又驱使他们表现出了批判的一面。这主要体现在"百花时期"干预现实的创作和50—70年代的"潜在写作"当中。1956年在"百家争鸣，百花齐放"文艺方针的指导下，相对宽松的文化和政治环境使得一批怀抱青春激情和青春理想的青年作家展露于文坛，王蒙的《组织部新来的青年人》、刘宾雁的《在桥梁工地上》、李准的《灰色的篷帆》等无不表现了青年作家们怀揣理想与现实相抗衡的勇气和冲动。

批判的目的是为了建构，这一时期来自解放区的作家建立在乌托邦想象基础上，一方面把目光集聚到战火纷飞的战争年代，杨沫的《青春之歌》、雪克的《战斗的青春》、曲波的《林海雪原》、李英儒的《野火春风斗古城》等在对革命历史的青春追忆中确立自身身份合法性的同时，也为新生的现代中国建立一份合法的历史档案。另一方面，作家们取材于火热的社会主义建设新生活，赵树理的《三里湾》、柳青的《创业史》、雷加的《青春的召唤》、孙肖平的《摇篮曲》、周立波的《山乡巨变》等作品中，作家们在对现实的描述和对"未来"的想象中为读者展开一幅新的图景。这种自觉的建构意识和建构心态是作为知识分子的作家对现实社会的参与和责任感、使命感的表现。在青年新人的塑造和建构过程中，作家们的青春心态得到了表达，也在社会的转型中找到了自我身份的合理位置，得到了社会的认同。

三、性情的自然流露与本能的求真心态

尽管 20 世纪 50—70 年代作家们大多处于政治意识形态的规约之下，很多作家的艺术性情和生命本真都止步于集体的话语系统之中，然而，对文学本真的追求和探索也从来没有停止过，"百花时期"青年作家们对自由心灵的书写以及对现实的大胆批判，胡风以一个知识分子的坚韧与道义呈上《三十万言书》，钱谷融《论文学是人学》在1957 年的发表，"文革"时期地下诗人的"潜在写作"等都是明显的例证。因而，青年作家中也有一部分人能够在当时的话语缝隙间保留下个体的真实情感，他们从人物内心世界入手，揭示人物精神世界的起伏，运用细节描写来展现人性人情的自然面目，凸显了其性情的

自然流露与本能的求真心态，茹志娟的《百合花》、宗璞的《红豆》、陆文夫的《小巷深处》、邓友梅的《在悬崖上》等都是这方面的代表之作。

另外，"胡风分子"以及"文革"时期青年作家的"潜在写作"同样是作家真实性情的自然流露。无论现实情况如何，"胡风派"作家始终坚守着自己的文学立场，从公开发表的路翎的《初雪》《洼地上的战役》等到遭遇劫难之后的狱中写作，以主观韧性战斗精神参与现实与创作的知识分子风骨始终洋溢在他们的文字之中。"文革"时期的地下创作者，比如"贵州诗人群""白洋淀诗群"的创作，赵振开、靳凡、礼平等的手抄本小说，表达了青年一代希望的破灭、心灵的折磨、前途的渺茫以及他们对青春的向往，内心的抗争与生命的活力交织在一起在文中迸发。这些作家带着青春的激情和敏感，在20世纪50—70年代的话语缝隙间保留下了个体的真实情感，他们从人物内心世界入手，揭示人物精神世界的起伏，展现人性人情的自然面目，凸显了其性情的自然流露与本能的求真心态，这是文学的真实，更是心灵的真实。

第三节　20世纪50—70年代青春心态产生的精神渊源

20世纪50—70年代文学中的青春心态是在建国后特殊的政治环境和文化语境下出现的，与当时的意识形态和时代氛围密切相关，但就像有学者提出的没有"五四"文学，何来"十七年文学"和"文革文学"，贯穿在这一时期文学中的青春文化心态同样有它产生的思想资源和精神资源。

一、20世纪初：少年中国运动

20世纪初，梁启超《少年中国说》中"少年智则国智，少年富则国富，少年强则国强，少年独立则国独立，少年自由则国自由，少年进步则国进步，少年胜于欧洲则国胜于欧洲，少年雄于地球则国雄于地球。"① 的激越呐喊使几千年来以老年为本位的传统文化开始动摇，对"少年""幼者"的重视使中华文化在心态上发生了质的变化。"就一种文化概念来论，'少年中国'运动实质上是指中华民族精神的青年化。这种文化包括的范围十分广泛，泛指'五四'前后一切立足于民族新生、人格新生的文化运动，就其内容来说，'少年中国'运动，是人们对当代青年人的一种期望，既是青年范围内的一场运动，又是

---

① 梁启超：《少年中国说》，北京：东方出版社，1998年，第66—71页。

对整个中国、民族精神的一种呼唤。"①

　　如果说梁启超处在中国传统士人的身份，他对"少年本位"的提倡只是从政治的角度对专制体制的反抗的话，那么随后出现的五四新文化和新文学运动，一批作家们对青春的呼唤则是 20 世纪青春文化的直接精神源头。

二、"五四"文学：呼唤青春与彰显个人意志

　　在中华民族内忧外患的危急时刻，伴随着一群青年学生在历史舞台上的亮相，五四运动开启了中华民族历史上的第一个青春时代。呼唤青春，以青春的力量来挽救民族的危机已经成为一种社会思潮。"作为一种文化，青春具有了社会意义和广泛的象征意义。"②

　　李大钊在 1916 年 9 月 1 日 "新青年" 2 卷 1 号发表《青春》一文，"……青年循蹈乎此，本其理性，加以努力，进前而勿顾后，背黑暗而向光明，为世界进文明，为人类造幸福，以青春之我，创建青春之家庭，青春之国家，青春之民族，青春之人类，青春之地球，青春之宇宙，资以乐其无涯之生。"③陈独秀在 1915 年 9 月 15 日 "青年杂志" 1 卷 1 号上发表《敬告青年》，指出 "青年如初春，如朝日，如

---

①　周海波：《青春文化与"五四"文学》，天津：百花文艺出版社，1996 年，第 31 页。
②　刘广涛：《二十世纪中国青春文学史研究——百年文学青春主题的文化阐释》，济南：齐鲁书社，2007 年，第 25 页。
③　李大钊：《青春》，《"新青年"》2 卷 1 号，1916 年 9 月 1 日。

百卉之萌动，如利刃之新发于硎，人生最可宝贵之时期也。青年之于社会，犹新鲜活泼细胞之在人身。新陈代谢，陈腐朽败者无时不在天然淘汰之途，与新鲜活泼者以空间之位置及时间之生命。"① 这种对青年的召唤，青年自身的崛起使得青春既是一种社会力量，也是一种文化思潮回荡在整个 20 世纪中国文学之中。

在呼唤青春力量的同时，随着新文化运动前后叔本华、尼采、柏格森等西方哲学思潮的传播，在倡导青春的"力"与"美"的同时，我们发现在更深层次的思想领域，提倡个人"意志"和"意力"的"唯意志论"倾向也在"五四"文学中悄然扎根。鲁迅在提倡个性解放、人的自由的同时也表现出了对个体"意志"的推崇。在《文化偏至论》一文中说："掊物质而张灵明，任个人而排众数。"② 在讨论"怎样才是最理想的人性"时说："二十世纪之新精神，殆将立狂风怒浪之间，恃意力以辟生路者也。"他把这种精神称之为"意力主义"。郭沫若在《天狗》中呐喊："我把月来吞了，我把日来吞了，我把一切的星球来吞了，我把宇宙来吞了，我便是我了。"同样表现出了一个激情洋溢的诗人在反叛与创造中对人的意志和力量的彰显。

五四文学中追求人格独立、意志自由的"唯意志论"倾向在当时

① 陈独秀：《敬告青年》，《"青年杂志"》1 卷 1 号，1915 年 9 月 15 日。
② 鲁迅：《鲁迅全集·文化偏执论》（第一卷），北京：人民文学出版社，1981 年，第 56 页。

以青年本位颠覆老年本位，促进人的觉醒和解放方面起到了积极作用，但是今天当我们走过了"十七年"和"文革"之后不得不反思，在中国知识分子个体人格不独立，长期依附于权势阶层，承担着兼济天下职责的文化体制之下，加之20世纪前半叶中国长期的政治斗争环境，这种"唯意志论"倾向发展到"十七年"，一方面使作品中出现了一个个有理想、有信念、立场坚定的革命和建设英雄形象，建构了十七年文学新人的人物画廊，形成了具有社会主义性质的青春文化品格，为文学呈上许多经典之作。但是另一方面这些英雄人物在用生命意志打动读者的同时，我们也看到了作品中去日常生活化的非理性因素的滋长。到"文革"文学中，这种非理性的自由、意志甚至演变成为腐蚀人性的强权，使"文革"中的青春蜕变为荒诞、混沌与苍凉的青春浩劫。

三、"左翼"文学：现实批判与激进浪漫

"左翼"作为一个文学和文化传统，具有庞杂丰富的精神内涵。"十七年文学"和"文革"文学从根本上讲是属于左翼传统的精神脉络的。关于"左翼"文学的研究，笔者比较认同的一种观点是"'左翼'文学最大的特点就是在文学创作中所贯穿的实践品格、现实主义品格和现实战斗性等批判精神，以及它所包含的作家对社会、对人生、对民族国家命运的独立思考，对理想的执着和对普通人生存命运

的深切关注。"① 这是从左翼文学的现实性品格上来说的，"左翼"文学的这一精神直接影响了 50—70 年代的文学创作。

20 世纪 50—70 年代文学中主要人物几乎都是社会底层农民、普通一线工人，但是作家平等的叙事姿态和叙事视角，让读者看不到知识分子在"底层"与"上层"对比中的精英立场和悲凉感受，平视的艺术效果使得这一时期的文学具有了关怀普世大众的公共关怀立场，作家自己也是普世大众的一员，他们给予主人公的是平视甚至仰视的人文关照，内心真实的态度取向是尊重、崇拜和敬仰，从中我们可以挖掘出"十七年文学"之于拯救底层的精神价值。这一方面继承了左翼现实主义文学中呼唤社会公平和正义的鲜明的阶级立场意识，对国家、民族和底层平民生存、发展前途的忧患意识和强烈的责任意识，以平等的姿态关注处于社会底层的普通劳动者生存的平民意识，另一方面也有其现实中的转向，"左翼"文学浸透着悲凉、无奈，对社会存在的不合理不公正现象充满爱憎的批判意识转换成了人民社会地位发生巨变之后的乐观、理想主义精神，激发社会底层人民顽强地生存、抗争下去的苦难意识转换成了以苦难为动力，以人民为主体开展阶级斗争，获取民族解放的激进精神。左翼文人那种以"理想主义的

---

① 白亮：《"左翼"文学精神与底层写作》，《江汉大学学报》（人文科学版）2007 年第 4 期。

激情和坚定不移的信念，支撑着自己的生命，将编辑室和监狱作为人生的归宿"①的"殉道"精神，到了50—70年代，除了胡风等文艺理论家依然在以生命的意志努力践行之外，大多已经被激进政治所遮蔽，当然这种具有深厚思想和文化力量的左翼精神在"文革"青年的非理性中因缺失了人文性而导致"人学"意义的不断流失，最终也就由力量变成了灾难。

这种文化心态的悄然转向与左翼浪漫主义一脉的激进色彩有关。从20年代末兴起的左翼文化思潮，在浪漫主义派的牵引下产生了文化形态上的新变。它带有更浓厚的浪漫色彩和激进色彩，文学参与现实的欲望更加强烈，文学逃离了思想的牵引而与社会发展变革的关系日渐密切。"与'五四'相比，大革命时期的浪漫主义运动被政治化了，思想革命退至幕后或变异为政治思想的煽动。"②蒋光慈等人的创作即是如此。当然，我们可以看到，与"五四"时期依托西方文化，靠提倡个体现代性来启蒙民众不同，左翼文化传承的是中国传统的"济世""载道"文化，它的出现并非外来的影响，而是中华传统文化在当时特定的历史条件下自发、自觉地生长出来的，是属于社会主义

---

① 张全之：《"无地自由"时代的文化选择——重识现代左翼文化传统》，《粤海风》2000年第1期。
② 符杰祥：《论左翼浪漫主义文学思潮的青春文化品格》，《东方论坛》2000年第2期。

的东西。可以说，"左翼"青春文化是现代中国文化发展史上一个重要的分水岭。这也是它能够从产生之日起经过一系列发展演变最终发展为建国后十七年以及"文革"期间的激进文化的重要原因。

所以站在今天的时代语境和文化立场上，我们探寻这一社会主义特有的左翼青春文化的形成及发展演变，指出作为一种文化力量，它所蕴含的积极因子和消极因子，对于我们的文学发展、文化建设、道德教育都将具有一定的现实意义。

第二章
"十七年文学"中的青春心态

文学中的青春文化心态，主要是指文本精神内涵上的青春气韵和作家对时代情绪的激情描述与言说。在"十七年文学"作品中主要表现为：建国之初进化论时间观影响下青春主体生命意志的彰显，"百花时期"青年作家现代性追求中的成长渴望与焦虑，之后青春书写在政治中迷失并逐渐呈现出成人化倾向。"十七年文学"通过青年新人形象的塑造彰显了人的生命意志，并在道德层面上追求崇高，追逐公平正义，体现了青春文化的理想色彩。然而，在时代文化语境和作家个人话语中，为数不多的爱情书写，文学内涵上成人化倾向的出现使得文学中的青春文化呈现出一定的复杂性。

第一节　时间开始了：新中国成立之初的时间意识与青春心态

如果说"五四"新文化运动开启了二十世纪现代中国历史上第一个青春时代的话，那么 1949 年中华人民共和国的成立缔造了古老中华民族的第二个青春时代。新中国的成立，在物质层面和精神层面使得劳苦大众得到解放的同时，也在很大程度上改变了人们对时间的认识。

一、充满未来指向性的进化论时间观

时间既是生命存在的必要前提，也是绝无例外的必然消逝。辩证唯物主义认为，时间是客观存在的物质，它不因变化而存在，抛开各种物质变化仍然有时间，年月日是相对的时间，是有始有终的，真正的时间是无始无终的。恩格斯在《反杜林论》中曾经谈到："正因为时间是和变化不同的，是离开变化而独立的，所以可以用变化来量度时间，因为在量度的时候总是需要一种与所量度的东西不同的东西。而且，不发生任何显著变化的时间，远非不是时间；它宁可说是纯粹的、不受任何外来的混入物所影响的时间，因而是真正的时间，作为时间的时间。"① 但是，随着达尔文进化论传到中国，并从自然界的生存法则转换到社会进

---

① 中共中央马克思恩格斯列宁斯大林著作编译局译：《马克思恩格斯文集》(第九卷)，北京：人民出版社，2009 年，第 56 页。

步和变迁的领域后，国人的时间观随着"进化"思想的注入发生了很大的变化。与传统的轮回观、强调时间的循环往复不同，近代中国在被帝国主义的坚船利炮打开国门之后，一种滞后于世的现代焦虑感统摄着人们的思想，这种中国和世界之间在现代文明上的距离感使得人们对时间有了面向未来的美好期待，人们企图在时间的流逝中通过发挥人的主体性挽救民族危亡，建设一个独立、富强的现代化强国。这种时间观通过先行为时间注入价值，认为光明在前、曙光在前，时间的未来性就是改变现实的保证，未来就是希望，因而在国人眼中，朝向未来的现实也就具有了超越寻常的意义。这样的时间观念在新中国成立后举国上下处在分享革命胜利果实的喜悦与兴奋中更显突出。从社会意义和心理意义上来说，对于正处于社会边缘地位，尚未跻身于社会中心地位的青年人来说，这种时间观正好契合了青年人对于未来的构想和渴望，能够尽快在社会中实现自身的价值，获得社会承认的心理需求。这一需求在中华人民共和国的成立这样的伟大历史事件面前体现为人们重构现实的信心和决心，以及面向未来的理想主义和乐观主义心态。

作为这种心态的最敏感的体验者，王蒙小说《青春万岁》开篇的序诗就极具代表性。"所有的日子，所有的日子都来吧，让我编织你们，用青春的金线，和幸福的璎珞，编织你们。有那小船上的歌笑，月下校园的欢舞，细雨蒙蒙里踏青，初雪的早晨行军，还有热烈的争论，跃动的、温暖的心……是转眼过去了的日子，是充满遐想的日子，纷纷的心愿迷离，像春天的雨，我们有时间，有力量，有燃烧的信念，我们渴望生活，渴望在天上飞。是单纯的日子，也是多变的日子，浩大的世界，样样叫我们好奇，从来都兴高采烈，从来不淡漠，眼泪，欢笑，深思，全是第一次。所有的日子都去吧，都去吧，在生活中我快乐地向前，多沉重的担子，我不会发软，多严峻的战斗，我不会丢脸；有一天，擦完了枪，擦完了机器，擦完了汗，我想念你们，招呼你们，并且怀着骄傲，注视你们！"[①]这首欢快而自信的序诗充满了新中国成立之初青年人所特有的燃烧的、沸腾的激情。在历经苦难与艰苦的战争之后，面对新生的祖国，对"所有的日子"的真切呼唤表达了他们在时代的巨变面前所特有的渴望与向往，青年人想要在未来的日子里献身祖国、建设祖国的豪情充斥着全诗。序诗之后作者对 1952 年至 1953 年间北京女七中一群高三学生的校园生活的描绘是用当时青年人的眼光和心态对于时代的最好阐释。对小说中那些天真烂漫的中学生来说，革命的胜利和中华人民共和国的成立业已为幸福的明天铺好了宽阔的道路，眼前令人欢欣鼓舞的新生活为他们提供了憧憬未来、放飞梦想的现实基础。

---

① 王蒙：《王蒙文存·青春万岁》(第一卷)，北京：人民文学出版社，2003 年，第 1—2 页。

作为政治乌托邦最单纯的信仰者和最狂热的追随者，19岁的青年作家王蒙，其青春的激情与理想契合了高亢激昂的时代情绪，对新生的政权表现出了强烈的政治认同和共产主义接班人的亢奋姿态。其热烈歌颂新生活，乐观向上、单纯热烈的青春气质与政治乌托邦理想主义、集体主义的时代性格是这一时期青春心态的显在表征。

二、青春主体的追寻和生命意志力的彰显

新中国成立之初，伴随着时代的青春风貌，中华儿女与新生的现代民族共同体一样，处在"一个充满激情和期待的时代，一个欢呼'青春万岁'的时代，一个集体沉浸在对人类幸福进行大胆梦想的时代，一个誓将平淡人生化为火热生活的时代。"① 作为对时代最敏感的作家群体，在文学创作中表现出了火红年代作家所特有的青春心态，对于来自解放区，经历了战争炮火洗礼的作家尤其如此。

这首先体现在一系列青年人物身上，杨沫《青春之歌》中的林道静承接"五四"时代的青春精神，背叛旧家庭，寻求青春个体生命的价值，在小资产阶级知识分子余永泽的引领下她一度实现了"自我"的觉醒，但接触了共产党员卢嘉川、林红、江华之后，林道静又不满于现实，一步步从个体的"小我"中挣脱出来，成长为一个心向

---

① ［美］唐小兵著，张清芳译：《抒情时代及其焦虑：试论〈年轻的一代〉所展现的社会主义新中国》，《海南师范大学学报》（社会科学版）2008年第1期。

革命、立场坚定的战士。《创业史》中的梁生宝、《艳阳天》中的萧长春、《战斗的青春》中的许凤、李铁等，我们同样感受到了革命和建设浪潮中的青春光芒，看到了一种基于时代和社会需求基础上的崭新的青春品格：纯朴善良、勤劳能干、大公无私，信仰坚定、对党无限忠诚，甘于自我牺牲、同情弱者、有理想、有远见，对未来充满了信心。从诸多作品对"新人"的塑造来看，"理想与青春的情感模式已经深深嵌入伴随新中国成长的一代人的创作心理结构。"① 这种在社会活动中主体精神、生命意志的彰显让我们看到了一种崭新的性格，一道亮丽的青春风景线。

不仅青年人如此，从旧社会翻身获解放的中老年人，来到新社会的喜悦使他们在时代的青春氛围中也焕发出了老当益壮的情怀，迎来了人生的第二个青春时代。雷加的《青春的召唤》讲述62 岁的老林业工人赵发，当森工局局长向他招手喊道："你多大岁数？""六十二。""赵发的声音又响又脆，好像一个十二岁的孩子说自己的岁数那样。"② 简短的话语展示出其内心火热的建设激情和为国家多做奉献的豪迈气概。正是时代的力量和对于美好未来的憧憬，对于建设现代民族国家的信心，赋予了老人富含青春内蕴的豪情。可见，

---

① 董之林：《追忆燃情岁月》，郑州：河南人民出版社，2001 年，第 5 页。
② 《人民文学》杂志社编：《〈人民文学〉创刊 35 周年短篇小说选》，长沙：湖南人民出版社，1984 年。

"人性上的、智能上的和情感上的整个解放"① 使得这些中老年人依然不减青春的真诚、豪迈和理想色彩。

当代青年作家林白曾颇为感慨地说:"我印象最深刻的不是后来看的那些也许很好的文学作品,而是早期一些没有太多文学性的,像《青春之歌》《林海雪原》《苦菜花》《野火春风斗古城》……给我影响最深的不是别的,就是我8岁时读的第一部书《红岩》,它给我最深远的影响就是对意志力的高度重视,……《红岩》从行为到精神对我都有极其深刻的影响。"② 这种青春特色正是"十七年文学"带给我们的精神财富,"十七年文学"之所以在今天又成为众多研究者关注的焦点,其魅力主要"来自一种精神的呼唤。最能吸引今天的人们、并且时常唤起我们心灵呼应的,是蕴涵在'十七年文学'中的那种崇高的精神力量和在这种力量支撑下一代英雄所达到的超凡品质和人生极致。"③ 从"十七年文学"的文学接受来看,《创业史》《山乡巨变》《青春之歌》《林海雪原》《欧阳海之歌》等作品在当时都创造了史无前例的热销纪录,它们激励、鼓舞了一代人,尤其对于青年人来讲,作品中人物的精神境界、价值选择、所作所为为一个时代所崇拜、所效仿,

---

① 王瑶:中国新文学史稿(下册),上海:新文艺出版社,1954年,第446页。
② 《当代作家谈自己喜欢的当代作品》,《中华读书报》1999年9月29日。
③ 郑春:《卓异的、缺失的和永恒的——试论"十七年"文学创作的爱国情结》,《山东大学学报》(哲学社会科学版)2000年第4期。

究其原因在于其文本中所蕴含的激进的左翼青春文化内涵，它指向人的崇高的精神境界和未来乌托邦理想境界，对理想世界的追随是人类永远无法抹去的情结，是人性的必然，因此也就变成人类永远为之奋斗的目标，这种文化上的认同吸引了一代又一代青年。

第二节 青春书写：现代性追求中的成长渴望与焦虑

青年的成长既是一个与外部世界不断碰撞融合的社会化过程，也是一个在内部世界充满矛盾冲突、性格逐渐成熟的过程。1956年和1957年上半年，中国思想文化界的自由、松动给了青年们一个寻求自我同一性确立的大好时机。因此青年作家的创作成为"十七年文学"中一道奇异的文学景观。在文化姿态上，青年作家用青春力量干预现实、反叛现实、呼唤理想人性回归的文化意识，在创作心理上，作家敢于突破创作禁区，抒发爱情的忧郁和感伤情怀。沿着这一思路，探讨青年作家在自身的成长过程中，在个人理想和社会的宏大理想或一致或相互不认同甚至冲突的状况下，以什么样的姿态来面对人生和创作，理清呈现于他们作品中的是一种什么样的文化心态有助于我们深入了解这一阶段的文学本质。

一、青春在反叛中追逐公平正义的理想色彩

生活在新的民族国家中，"青年作家拥有的，更多是理想主义的朝气。他们在革命中获得政治信仰和生活理想，也接受了关于理想社会的实现的承诺。但他们逐渐看到现实与理想的距离，在新的思想形态和社会制度中发现裂痕。"① 当他们纯洁的革命理想与现实中官僚的

---

① 洪子诚:《中国当代文学史》，北京：北京大学出版社，1999年，第141页。

腐败、人们思想的落后发生偏差时，他们的自我意识进一步觉醒，开始了对现实的反叛，对自我价值的追寻。于是在显示青春对于生活的力量中言说着青春自我成长的焦虑，追寻着纯真的理想。

成长在共和国的红旗下，青年作家王蒙自身的"少共"色彩、对革命的忠诚让他理所当然地认为靠革命建立起来的新社会应是处于理想状态的，因而在其作品中，对于现实中的不端行为，主人公会毫不犹豫地动用自己的"革命"逻辑和"革命"手段。《小豆儿》中的主人公小豆儿，在自己家里发现了父亲和一位叔叔的可疑行为，开始警觉并暗中调查，直至父亲和叔叔被公安局抓走他才感觉到了内心的愉快。这种带有"大义灭亲"色彩的革命行为正是其青春时代思想单纯、追求绝对崇高、建构理想自我的青春心态的自然流露。《组织部新来的青年人》截取了主人公林震成长道路上的一个关键时期，通过理想与现实的冲突驱使人物不断认识自我、社会和人生而走向成熟的青春历程。当林震在处理"麻袋厂问题"上同刘世吾、韩常新等人产生巨大分歧时，他对原则的坚守就表现出了青年人处理复杂社会关系时观念上的理想化和策略上的简单化。这场上下级之间面对面的冲突，不仅让林震在工作中陷入了困境，同时也使他的内心产生了一种难以名状的对理想、信仰与人生的惶惑感。经过痛苦的自我反思与调整之后，他在小说结尾终于给出了令人欣慰的答案："我要更积极，更热情，但是一定要更坚强……"布尔什维克的忠诚与知识分子觉醒了的主体意识，最终为林震注入了勇往直前、坚持到底的青春精神。青春理想永远在召唤着他的正义和良知，文章最后当区委书记周润祥单独找林震，当林震迫不及待地敲响了领导同志办公室的门时，我们似乎在残酷的现实中看到了青春的力量和希望。作者曾说"它也是青春小说，与《青春万岁》一脉相承。青春洋溢着欢畅和自信，也充斥着糊涂与苦恼。青春总是自以为是，有时候还咄咄逼人。青春投身政治，青春也燃烧情感。青春有斗争的勇气，青春也满是自卑和无奈。青春必然成长，成长又会面临失去青春的惆怅。文学是对青春的牵挂，对生活与记忆，对生命与往事的挽留，是对于成长的推延，至少是虚拟中的错后。是对于老化的拒绝，至少是对于生命历程的且战且进，至少要唱着青春万岁长大变老当然也变得炉火纯青。"① 作为像林震一样的青年，作为一名党员干部，王蒙让现实中达不到的状态在文学的审美与想象中得到了满足。可以说与《青春万岁》中浪漫、和谐的节日气氛相比，《组织部新来的青年人》所表现的青春理想与现实之间的摩擦无疑多了几分复杂与沉重。校园"少共"曾经的骄傲与自豪，在工作岗位上却变成了矛盾冲突中的焦虑与惶惑。

---

① 王蒙：《王蒙自传·半生多事》（第一部），广州：花城出版社，2006年，第144页。

赵树理的《"锻炼锻炼"》(1958)从大跃进时期认真、坚持原则、为农业社负责人的杨小四给"小腿疼"和"吃不饱"贴大字报开始，作为一名年轻的村干部，眼睛里揉不进沙子的他，对于"小腿疼"和"吃不饱"这样只想投机取巧的社员早已心有不满，对于社主任王聚海"摸性格""怕惹事"的工作方法，作为青年人一心追求完美的杨小四也是早有不满，于是趁主任和支书开会的当儿，布置生产任务时，严格申明纪律，违者必罚，散会后村民纷纷议论："青年人究竟没有经验！就定一百条纪律，该偷的还是要偷！"可见，在成年人的心目中，青年人依然是幼稚的、不成熟的、不谙世事的，话里话外也暗含着对青年人的不信任甚至有点揶揄，但是当时代的青春与年轻人的青春执着、认真的秉性相吻合时，我们看到了青春精神凝聚于时代之上的力量：在众目睽睽之下，"小腿疼"和"吃不饱"交代了自己的一切自私行为，且不得不接受了预先规定的惩罚。可以体会到，在复杂的现实生活中，青年之于成年世界的不同，在于他们还带着皇帝的新装中说真话的小男孩的影子，他们追求生活的理想与完美状态，对现实的不满很容易直接地表现出来。由此，我们看到了青年人心中充满了对新的民族共同体的未来想象，在反抗旧的意识形态的同时，反抗身边不觉悟的落后分子，在这种对"落后"的反抗和对"先进理想"的建构中，展开着个人的心路成长历程。

从心理学角度来看，这是青年人不甘心被束缚，渴望社会公正和良知，追求乌托邦梦想，但又涉世未深的冲动使然。也许作品中带有太多青春不成熟状态的理想色彩，但至少同"百花时期"其他干预生活的小说一样，作家在力争得到时代认同的同时，并没有完全放弃表达青年个体的渴望。正如谢冕所说的："那种为反抗世俗坚持清洁精神的激情，始终是文学和作家的骄傲。"① 作家们带着一种求新求变的青春冲动，表现了其社会批判意识和自我意识的觉醒。

二、青春的诗意和浪漫爱情的书写

对青春爱情的书写是"十七年文学"的一笔丰厚的财富。爱情这一文学中永恒的主题在"十七年文学"中的出现，让我们再次触摸到了青春的质感和人性的温度。

李威仑的《爱情》让我们从标题上就感觉到了久违了的"青春主旋律"，感到了作者直面爱情的可贵。医学院毕业的周丁山爱上了叶碧珍这个美丽的女孩，但刚满十八岁的叶碧珍对爱情还是一派懵懂，拒绝了这段日后使她忧郁，令她伤神的爱情。抗美援朝中周丁山在一次战斗里，冒着炮火去抢救伤员，瞎了一只眼睛，这时被其精神感动后叶碧珍深深地爱上了他。然而，爱情却在另一个世界里也以同样感

---

① 谢冕:《青春的激情:文学和作家的骄傲》,《海南师范学院学报》(人文社会科学版)1997 年第 3 期。

人的方式展开。周丁山住在朝鲜医院里，护士小贞把自己全部的爱给予了这位勇于牺牲、甘于奉献的年轻人，两人相爱了。也因为此，周丁山和叶碧珍都陷入了忧郁和感伤的情绪之中。周丁山最后决定决不背叛朝鲜战场上获得的爱情，叶碧珍也在乡村的救死扶伤过程中，懂得了什么才是"更崇高、更美"的爱情。小说没有写轰轰烈烈的战斗或生产场面，而是用略带忧伤的语调，饱含深情的语言，在对日常生活的诗意讲述中把男女主人公真实的情感世界描绘出来，女主人公对爱情的犹豫、拒绝以及后来对爱情的执着追求，男主人公对爱情的忠诚和守护，在那个视爱情为禁区的写作年代，犹如一支鲜艳的奇葩盛开在文学的百花丛中，让我们感受到了青春的真实与美好。

陆文夫的《小巷深处》写旧社会曾经做过妓女的许文霞来到新社会，在政府的帮助下学习生产技术，重新做人，对生活再次燃起了希望。本已不敢奢望爱情的她，当遇到同样爱她的张俊时，内心陷入了深深的矛盾当中。两个人的感情逐渐升温，但感情上越亲近，许文霞内心的斗争就越厉害，与曾经蹂躏过他的一个恶人的意外碰面，使她去勇敢袒露自己的过去。可以说，小巷深处深藏的是一个被旧社会的肮脏蹂躏过的青年女性对自己身世的难以言说和对美好爱情的热烈渴望，当张俊经历了内心复杂的矛盾、挣扎、斗争以后，敲开许文霞的门时，我们看到了美好人性的胜利以及作家对青年个体的深度关怀。

《风云初记》中的李佩钟，作为一个从双重的封建家庭里逃出来，走上革命道路的女县长，孙犁并没有把她写成《青春之歌》中林道静、林红和《战斗的青春》中许凤这样带有革命英雄色彩的女干部，青春的特质，青年女性的本色给予我们一个更加带有青春诗意和浪漫色彩的女性形象。她到县里任职时："站立在窗前，阳光照着她的早已成熟的胸脯。曾经有婚姻的痛苦，沾染了这青春的标志。现在，丰满的胸怀要关心人间的一切，她要用革命的工作，充实自己的幻想和热情。"① 她的幻想与热情不光与革命和工作有关，作家在当时的文化语境下，依然关照了她作为青年个体、作为女性的特质。当夜深人静的时候，她并没有磨灭青春的幻想："在这样的夜晚，有的母亲正在拍哄着怀里的孩子，有的妻子，正把头靠近她的丈夫。很长时间，李佩钟心里不能安定，拿起笔来又放下。……眼望着蜡烛的火苗，女人的青春的一种苦恼，时时刻刻在心里腾起，她努力把它克服，像春雨打掉浮在天空的尘埃。"②

当然，无论是叶碧珍还是李佩钟，作家在正视这些青年女性的青春情爱和心理需求时，并没有让爱情的思绪朝着主人公理想的状态发展，而是用"更崇高、更美"的道德原则将爱情描写限制在了时代允许的范围之内。叶碧珍成全了周丁山和小贞的爱情，李佩钟对高庆山

①② 孙犁：《风云初记》，北京：人民文学出版社，2002年，第88、97页。

的感情也只是作为一种朦胧状态深深埋在了心底。在时代话语和作家个人的话语体系中，正是这种心态的张力呈现了"十七年"青春文化的独特形态。

第三节 追寻与迷失：青春文化与成人文化的博弈

中华民族在追求现代化的过程中，对集体现代性的追求压倒了对个体现代性的追求，文化在与政治的合谋中逐渐迷失了自己，比如在彰显青春的生命意志方面，"五四"时期陈独秀、李大钊、鲁迅等人在提倡"意志""意力"的时候，背后有一个以"个体"为本位，追求个性解放和人身自由的西方文化作为支撑，因此，虽然当时的革命者、作家同样肩负着启蒙民众，为社会寻找出路的责任感，但我们能感觉到当时青春文化的丰富性。而到了"十七年"时期，个体意力的张扬在"反现代的现代性"中拒绝了西方文化，在文艺界长期的批判运动中远离了传统文化，政治标准的过于强化使文学呈现出了在思想和文化中式微的态势。

一、在青春里追寻，在思想与文化中迷失

"十七年文学"中的青春特质之一在于，置身于新生的共和国，年轻人充满了对青春的追寻与憧憬，但是涉世未深，在代际生存中依然处于弱势的青年，在成长过程中难免要受到成人世界的压力，因而会产生焦虑、恐慌与迷失的状态。

我们以徐怀中的《我们播种爱情》展开解读，小说中农业站的一群青年人从祖国的四面八方主动来到遥远的西藏，这样的人生道路选

择寄寓着他们青春的梦想，倪慧聪是因为恋人苗康才毅然决然来到这里，林媛对苗康的朦胧的爱意，西藏女子秋枝在长期的接触中爱上了朱汉才和叶海，雷文竹初次见面就对倪慧聪产生了好感，可以说一群青年人是为了改变祖国边疆的面貌而来到这里的，但对处于青年时期的他们来说，对爱情的追寻，日常生活中个人心中爱的力量对他们在集体的事业中奉献青春起到了更大的精神推动作用。同时，众多人物的对话、心理描写，直接的爱情场面刻画，更让我们感觉到他们奋斗的价值，这样，青春在集体奉献中闪光，劳动和奉献因爱情而更有诗意和色彩，让我们逃离"十七年"的充满时代焦灼感的文化语境而意外感受到了情感的力量、人性的温度。

从作家创作的角度来看，作为军旅作家的徐怀中，没有写轰轰烈烈的战斗场面和热火朝天的建设景观，而是选取非常具有民俗特色的西藏在新中国的变迁来反映特定时代的生活内容，具有别开生面的魅力。风俗民情的描写给小说带来了久违的文化气息，比如藏民"抢福"的习俗，对于呷萨活佛至高无上的崇拜心理，这个从老藏民斯翁郎堆冒着被警卫砍打的危险依然最虔诚地觉得活佛摸一下头就会给他带来幸福可以看出来。这种少数民族文化心理在徐怀中的笔下并非只是轻描淡写，而是把它作为审美对象来写的，包括对格桑拉姆的外貌、神态以及居室的描绘，对藏民野蛮复仇心理的刻画都具有浓郁的异域民族风情。

因此，我们不禁欣喜于看到了一部不是仅仅按照政治规律和意识形态规律而是加入依据情感关照来结构文本的优秀作品。但是，仅仅停留在这一层面来探究文本中的青春心态显然还缺乏其应有的深度。作品中我们同样可以看到作者在时代的影响下，一些刻意的情节安排：比如西藏有"抢福"的习俗，兽医苗康为了自身的生命安全不愿去偏远的牧民家里上门服务，还有作为兽医没有保护好第十五号马，它得了鼻疽，人们却归罪于他，说他白天在河边钓鱼耽误了，"现在人们都恨不得把太阳拴死在树梢上，而他，竟能在短促的、可贵的白天里找得出这么多'其余的'时间。现在人们恨不得身上多长出几双手来，而他，竟能够坐到河边，用两只手握着钓竿……"① 在人们的非议之外，与他感情上最亲近的两个人——林媛和倪慧聪对他的态度也来了个大转弯，倪慧聪"禁不住从心里涌上一阵对苗康从来没有过的嫌弃之感"。林媛在会上当面质问："一个青年团员，怎么好意思去利用各种各样的'困难'修一道铜墙铁壁来保护自己呢？"还对雷文竹无奈地叹息着说："像这样的人顶好是让他走"，从两人的态度变化中我们可以看到作者在这里缺乏深入挖掘人情人性的努力，青年男女之间的感情一下子被抽空了，立场成了最重要的。在当时的社会语境

---

① 孙犁：《风云初记》，北京：人民文学出版社，2002 年，第 175 页。

下，叶圣陶认为倪、林二人一经看清，"就能不受感情的牵累，断然跟苗康决绝，这是新时代青年精神的光辉。"但我们今天从审美的眼光看，这却并不符合生活的真实和艺术的真实，在时代规约下，青春的感情被压抑了，在一定程度上，青春心态正悄悄地被置换成了社会上日渐兴起的成年文化心态。

二、青春力量的萎缩：青春书写中的成人化倾向

随着文艺政策的调整和政治意识形态的发展，文本中的青春力量逐渐萎缩，作品内涵上出现了成人化的倾向。青春文化的理想化、偏激色彩以及易被心态成熟的成年文化引导的脆弱性与中华民族追求现代性的焦虑感在时代的变动中相契合，显示出了青春文化在现代中国的消极转向。当青年要求实现自我的价值焦虑和情感诉求在红色政权的引导下与政治走在了一起，来自权力层面所代表的成人文化就在某种程度上影响甚至左右了青年心态的发展走向。青年的心路历程在追寻的过程中慢慢走进了迷失的尴尬，这种矛盾张力使得 50—70 年代文学中的青春心态逐步呈现出成人化的倾向。

同时，建构现代民族国家的正在进行性对社会主义新人的成长具有了超越时代与年龄的独特要求。在"十七年"的大部分经典作品中，作家建构了一个个青年英雄形象，他们的个体生命意志在集体的革命和建设事业中得到了充分的彰显，然而除此之外，他们的青春是

残缺的，青春的幻想和浪漫被转移到了激进的政治乌托邦追求中，青春的反叛意识被党的话语规训得几无踪影，青春的感伤，对爱情的渴望也被公共事业排挤得没有了个体的情感空间。因此，此时的青年在某种意义上已经失却了青春的光彩，而过早地被打上了成人的烙印。

金敬迈的《欧阳海之歌》就是最好的例证。欧阳海是带着满脑子的幻想来到部队的。革命的荣誉感强，自尊心强，一心一意要当个战斗英雄。在党的培养下，欧阳海可以说是信仰、信念的化身。在打锤比赛中，一个信念在支持着他：一定要赶过刘伟城！一定要对得起掌钎的关连长！为了鼓起新同志打锤的勇气，一定要坚持打下去！结果以超出常人的意志一口气打了二百八十锤。营长把他的成功总结为"思想里有敌人"。在整部小说中，作者并未刻画一个真正意义上的敌人，在和平建设年代，阶级敌人已经被我们消灭，欧阳海与思想里的敌人的斗争，就是用自己的信仰和意志力与自身思想深处不符合集体意志的观念进行斗争。《红岩》中的警句："如果需要为共产主义的理想而牺牲，我们每一个人都应该，也可以做到——脸不变色、心不跳！"是欧阳海的座右铭。青年的品格在欧阳海身上只剩下了对英雄的崇拜、青春的激情、坚韧的意志力、社会价值的追求，"当不当得英雄""怎样才算真正的英雄"是始终困扰欧阳海的问题，他也是在对这些问题的思索和实践中逐渐远离"自我"走上真正的"英雄"岗位的。而为青年人所有的对爱情的向往，对个人独立空间的渴求都已消失殆尽，这就是"毛时代"青年的极致与典型。

当然，与新中国成立初期的青春激情、"百花"时期的青春反叛、爱情追求相比，出版于 1965 年的《欧阳海之歌》之所以青春泯灭，究其原因在于当时特殊的文艺政策和意识形态制约。正是青年作家金敬迈的青春文化观念与主流意识形态中的成年文化形态互相影响、互相渗透使得作品呈现出了其以青春文化为底色，周围又笼罩着成年文化的规训的复杂交织状态。

"十七年文学"中的青春文化心态带有时代影响下的复杂特征，但其主流方向上建构的理想人性是"十七年文学"留给我们的宝贵精神文化资源。20 世纪八九十年代至今，"十七年文学"之所以备受文学研究领域的关注，一个重要原因就在于，随着社会向市场经济的转型，在以经济建设为中心的发展方略影响下，商业文化日渐成为社会的主流文化，此时理想、道德、责任、信念这些人性的基本命题在市场的刺激下又具有了广阔的言说空间。在此意义上，从青春文化的角度研究"十七年文学"对理想人性的塑造也具有了它的现实价值。

第三章
"文革"文学：青春残酷物语

从 1966 年到 1976 年，作为承载文化的文学在这一时期也承受了其不能承受之重，显出了它在时代震荡中的脆弱与单薄。经历了五六十年代的各种文艺批判运动之后，这一时期文学的存在样式除了在权势阶层支持下大行其道的"革命样板戏"之外，"红卫兵诗歌"、"红卫兵戏剧"、上山下乡知青创作的诗歌、群口词、快板以及后期的"地下写作"构成了"文革"文学不断变异的复杂形态。除革命样板戏之外，其他文学的最显著特征在于文本的创作主体就是实际参与造反运动的红卫兵以及上山下乡的知识青年，创作者和言说的对象在此基础上是统一的，因此，了解了"文革"文学中的青春心态，也就帮助我们认识了"文革"时代青年的精神成长史。

第一节 "文革"时期的青春主题

"文革"中的青春是一代人不堪回首的青春。当历史的脚步在沸沸腾腾的社会主义建设中走到 20 世纪 60 年代中叶的时候，与共和国同步成长起来的一代走进了他们的青年时代。处于中学时代的青年学生，本应该一方面在成人世界的指引下受教育，为自己的理想打拼，为将来走向社会、开创新生活，成为祖国的建设者而积蓄知识、增长才干。另一方面在对成人世界的逃离与突围中注入自身的力量与价值，彰显属于这一代人的青春魅力。然而沐浴着共和国的阳光长大的这一代青年，却在羽翼未丰时遭遇了青春被无情剥夺的不幸。"贴大字报""抄家""串联""上山下乡"这些史无前例的政治运动巧妙地贯穿在了他们的青春激情中。这是"极左"政治对他们的利用，也是他们的自觉选择。与父辈们枪林弹雨中打天下英雄辈出的年代相比，平淡的现实生活和不甘于平淡的青春心理早已使他们按捺不住内心的狂躁和冲动，急于寻求实现自我的突破口，当他们无限崇拜的毛主席站在身后支持他们闹革命的时候，"极左"政治的需要和青春的狂热一拍即合。米兰·昆德拉在《生活在别处》一书中曾揭示了青年容易被政治尤其是被革命所利用的原因："革命和青年紧紧地联合在一起。革命时期的变化无常对青年来说是有利的，因为受到挑战的正是父辈的世界。刚刚进入成熟的年龄，成人世界的壁垒就哗哗啦啦倾塌了，这是多么令人激动啊！"[1]但思想尚未成熟，在时代的亢奋中处于非理性的青年并没有意识到一时的发泄将会酿成他们整整一代人的历史悲剧。因为当他们最宝贵的青春与时代的非理性结合在一起的时候，"青春"已经失去了它的本真形态，而在极度的破坏中脱离了灵魂的牵绊演变为专制的暴力和文明的浩劫，在失去利用价值之后被流放到边远山区的寂寞与苦闷中变成了苍凉与虚无的孤魂。

一、荒诞与混沌：文明沦丧中被异化的青春

新中国成立以来，靠工农打出天下的政党对文化一直有一种若即若离的排斥心理，战争年代形成的文化的工具论思想一直影响着人们的思想，这从"文革"前出版的《欧阳海之歌》中就可以明显感觉出来，小说中最有文化的高翼在进行个人反省时我们可以看出当时人们对文化的态度："其实那点书本知识有什么了不起的呢？……他把那点记工员的常识拿出来改作业，这不光是看谁算对了没有，而是想到了应该教育小朋友听党的话，在培养下一代。他想得多远啊！我还以为他没有文化，不会动脑子，所以没有理想也

---

① ［捷］米兰·昆德拉著，景凯旋译：《生活在别处》，北京：作家出版社，1991年，第151页。

没有苦恼。其实，真正思想上的贫困带来感情上的贫乏的，不是别人，正是我自己。"① 在当时的时代语境下，知识在觉悟面前是逊色的，知识分子是被启蒙与被教育的。1966 年 8 月 8 日通过的《关于无产阶级文化革命的决定》第一条开篇指出："当前开展的无产阶级文化大革命，是一场触及人们灵魂的大革命，是我国社会主义革命发展的一个更深入、更广阔的新阶段。"现在来看，这样以文化为出发点，触及灵魂的革命倡导，其实预示着一个更加蒙昧的开始。

沿着这样的"左"的思路发展而来，在对理想社会的憧憬中，文化与文明离人们越来越远。对于认知系统尚未健全的青年来说，意识投射的跃进性和天然地对未来的期望性使全国上下一批批学生放弃了自己宝贵的学业，开始在浆糊和大字报中攻击、谩骂，在大字报、大串联与肆无忌惮的破坏中寻找理想和寄托，从 1966 年到 1968 年两年左右的时间内，轰轰烈烈的"抄家""派系斗争"，浩浩荡荡的全国范围的"大串联"，释放着一代青年的青涩、幼稚无知和廉价的青春激情。当 1966 年 5 月 29 日由清华附中的学生组成的红卫兵信誓旦旦地宣誓："我们是保卫红色政权的卫兵，党中央毛主席是我们的靠山，解放全人类是我们义不容辞的责任，毛泽东思想是我们一切行动的最高指示。我们宣誓：为保卫党中央，为保卫伟大的领袖毛主

---

① 金敬迈：《欧阳海之歌》，北京：人民文学出版社，1996 年，第 283 页。

席，我们坚决洒尽最后一滴血！"①的时候，他们并没有意识到他们今后的革命、造反不仅丝毫没有达到解放全人类的目的，反而把自己的青春乃至一生都淹没于这种空洞的喧嚣和荒唐的闹剧中。也正是在这种闹剧中，一代青年执迷不悟地被文明远远地抛在了历史身后。

追忆过去，反思历史，我们不禁感慨：当红卫兵们以极端的狂热向中国几千年的文明宣战的时候，青年人被异化着，他们狂热的崇拜和忠诚不可能意识到这样的行为是对青春和理想的亵渎。俄国作家赫尔岑说过："我认为一个民族的年轻一代人要是没有青春，那就是这个民族的大不幸。"一代青年主体意识的不觉醒，他们行为的冲动与破坏酿成了一段历史的荒诞，他们思想的盲目与迷乱使得文明世界一片混沌。他们狂躁的激情和幼稚的造反行为在政治火候的巧妙利用中，在刚刚建立的现代民族之躯上挠下了深深的爪痕，造成了我们民族历史上不可磨灭的伤痛。然而更令人痛心的是成人世界并没有因他们的牺牲而承认他们，历史更没有理解和原谅他们，当新的政权模式得以确立，造反派无法无天的时代也就终结了，不仅如此，在现代民族国家对未来"理想"模式的构想中，他们依然要继续牺牲，到边远的农村和山区去接受贫下中农再教育，在流浪与被放逐中继续抛洒可

---

① 方正，金汕，陈义风，孟固：《青春的浩劫——来自东方神坛的档案》，北京：中国社会出版社，1996年，第19页。

怜而又宝贵的青春。

二、苍凉与虚无：现代性追求中被流放的青春

从民族现代性的发展进程来看，"文化大革命"承继了"大跃进"中的激进文化因子，表现出了翻身得解放的中国人民对于尽快实现民族现代化和国强民富的急切愿望和幻想。

毛泽东在 1966 年 5 月 7 日所作的《五·七指示》中谈到："人民解放军应该是一个大学校。这个大学校，要学政治，学军事，学文化，又能从事农副业生产，又能办一些中小工厂，生产自己需要的若干产品和与国家等价交换的产品。这个大学校，又能从事群众工作，参加工厂、农村的社会主义教育运动。"从中可以看出毛泽东所憧憬的现代社会的理想模式，这是一个未来逐步消灭分工的社会，一个逐步消灭商品的社会，一个实现平均主义的社会。他试图按其社会理想逐渐创造出一套新的、永远使人民保持战争时期那股劲的新制度，最终实现"工农商学兵互相结合，农林牧副渔全面发展的"的大同世界。这种文化上的激进主义实际上是在长期的战争思维模式下产生的乌托邦梦想，是拒绝现代文明而逐渐向原始文明回归的"反现代"倾向。在这样的现代化构想中，我们就为"十七年"中知识分子向工农兵学习，"文革"中青年学生接受贫下中农再教育找到了合理的依据。

　　也正是在这样的情况下，"接受贫下中农教育很有必要，严重的问题是教育农民"这样看似矛盾的命题却交织在了1700万下乡知青的青春岁月中。当他们在时代的号召下，怀着跃跃欲试的"神圣"感和"好奇心"离开城市，离开自己的家乡的时候，青年们才对自己的命运有了一丝丝醒悟，对自己的未来有了一点点担心，内心深处产生了一种隐隐的惧怕和不安。食指的《这是四点零八分的北京》表达了到一个不可知的未来中去的青年个体生命本能的痛苦和忧伤。到达农村之后，艰苦的生活条件，繁重的体力劳动，思念家乡的惆怅，未来的飘忽不定和一辈子扎根农村的忧虑，使知青们产生了深重的幻灭感和挫折感。带着扎根农村、奉献青春激情的城市青年深入乡下之后，体会到了前所未有的受骗感和青春的荒芜感。"告别了妈妈，再见吧家乡，金色的学生时代已转入了青春史册，一去不复返。啊，未来的道路多么艰难，曲折又漫长，生活的脚印深浅在偏僻的异乡。跟着太阳出，伴着月亮归，沉重地修理地球是光荣神圣的天职，我的命运。啊，用我的双手绣红了地球、绣红了宇宙，幸福的明天，相信吧一定会到来。"任毅的《知青之歌》在当时的知青中那么广泛地流行，正缘于它表达出了一代青年的心声。青春荒废在乏味的体力劳动中一去不复返，漫长、苦难的现实又让未来充满迷茫。云南知青创作的歌曲《遥远的地方》也同样真切地表达了他们当时的心境："白天有蚂蟥叮，晚上有蚊子咬，屋里面还有毒蛇，晚上它爬上床，她们才十六岁，就离开故乡，在这里刀耕火种，扎根在西南边疆，白天吃不饱，晚上又睡不香，青春啊这样度过，前途是多么渺茫……"在这样脱离正常轨道的生活中，他们深感自己是被廉价处理掉的边缘群体，在丧失了参与国家政治活动权利的同时也丧失了青春的自主权，对现实无限的失望之后，他们在信仰、青春、激情消逝的痛苦中体味了人生的苍凉与虚无。

第二节 文学中的"红卫兵"形象及其心态

在二十世纪中国的历史上，"红卫兵"青年也许要算是最引人注目、最具悲剧色彩、同时也最为尴尬的一代。"文革"前他们正处于心理和人格尚未形成的成长期，此时他们的自我意识不断加强，渴望得到成人的认同，容易受社会政治环境的影响，不仅具有浪漫情怀而且更渴望献身正义，充满激情却又极易走向极端，富有理想却认不清现实，有独立反叛的倾向又极易模仿和盲从冲动。因此形成了为"崇高"的革命理想和信仰而献身的盲从轻信的一代。

一、崇拜与狂热

在"文革"初期"红卫兵"大行其道的 1966—1968 年，正规的文学刊物基本都已停办，文学几乎只剩下了大字报、口号宣言式的表达对党、对毛主席无限忠诚的"红卫兵诗歌"以及颇具广场效应的"红卫兵戏剧"。在这样的文学样式中，"红卫兵诗歌"中对英雄领袖毛主席的崇拜达到了一种极致。

"我们生在战场上，就不怕死在热血中，只有当我们的鲜血，洒在战旗上，才看得出我们的忠诚，只有当炸弹炸开我们的胸膛，才看得出我们的心，像火一样红。"在这首《为毛泽东，我们何畏牺牲》中，从标题到内容，都散发着"红卫兵"对伟人毛泽东的崇拜心理。这是新中国成立十几年来时代对英雄的呼唤与崇拜集于毛泽东一身而产生的时代情绪。在这一情绪的点燃下，"青年人很容易倾向于反体制，反既定的价值标准，渴望疾风暴雨的降临，然后历史从他们开始。"①武汉红卫兵吴克强作的《放开我，妈妈》，也体现了"红卫兵"在革命来临前的亢奋、浮躁以及跟随毛主席创造理想世界的迫不及待和自我牺牲精神。"再见了，妈妈！我们的最高统帅毛主席，命令我立即出发！阶级斗争的疆场任我驰骋，庭院怎能横枪跃马？等着我们胜利的捷报吧，妈妈！总有一天，我们会欢聚在红旗下。为夺取'文化大革命'的彻底胜利，儿誓作千秋雄鬼死不还家！"夺取"文化大革命"的胜利就是他们的斗争价值和青春理想，这种参加革命的急切心理源于青年红卫兵"好风凭借力，送我上青云"的激进与功利色彩。"'文化大革命'对人的巨大诱惑，便是一夜之间可以使一个普通人甚至无赖变为家喻户晓的英雄。'文化大革命'把人内心深处恶的一面大大膨胀了，'文革'浪潮给他提供了一个在正常状态下得不到的机会。"②

这种因崇拜而产生的激进与功利，反映出一代人因对周围环境不

① 李辉编：《残缺的窗栏板——历史中的红卫兵》，深圳：海天出版社，1998 年，第 45 页。
② 方正，金汕，陈义风，孟固：《青春的浩劫——来自东方神坛的档案》，北京：中国社会出版社，1996 年，第 403 页。

满与拒绝而产生的焦虑和反抗，这种焦虑和反抗在毛主席的支持下愈演愈烈，演化成了青春的精神迷狂与极端情绪。政治抒情诗《献给第三次世界大战的勇士》就抒发着当时青年在对第三次世界大战的浪漫幻想和憧憬中坚信"帝国主义走向全面崩溃，社会主义走向全世界胜利"的狂热。《造反派的脾气》就充分体现了这种极端心理，"要革命就不能吞吞吐吐，什么温情主义，折衷主义，随大流，统统滚蛋，我们就是敢闯敢干。这叫什么？——造反派的脾气。""谁敢反对毛主席，我们就砸烂谁的狗头！什么院长、书记，谁反对毛泽东思想，我们就造他娘的反，罢他娘的官！为了保卫毛主席，保卫毛主席的革命路线，我们能洒鲜血，抛头颅，和混蛋们决战一场！这叫什么？——造反派的脾气。"粗鄙、野蛮的喊叫中释放着红卫兵的狂热与非理性。之所以出现这样的极端情况，既跟当时的时代语境有关，也与青年的心理有关，"青年代群作为社会文化特定过渡阶段的负荷者与边缘人，又不可能超越了社会主导文化的制约与辐射，因此青年往往必须通过反叛寄托对未来文化创构的热烈期望。但任何反叛行动总意味着对传统规范的某种越轨，而青年的特性必然会赋予其行为具有自发性、狂热性、冲动性和非结构性等情绪骚动。"[1]

---

[1] 杨雄:《当代青年文化回溯与思考》，郑州：河南人民出版社，1992 年，第 34 页。

二、思索与彷徨

"文革"时期的"红卫兵组织",派系复杂,主要有"保守派红卫兵"亦称"老红卫兵""造反派红卫兵""工农子女红卫兵",他们在政治后台的支持和自身阶层利益的双重作用下所展开的疯狂斗争演绎了一代青年学生运动的特殊历史。然而在虚妄的喧嚣和呐喊之外,为数不多的红卫兵也用当时流行的文学样式——诗歌,从个体角度表达了青年红卫兵的真实心情。比如"老红卫兵"郭路生,出身于革命干部家庭的他以及他的同伴们,在"反修防修"恶性抄家风潮中,当他们意识到自己的举动实际上是在为自己和自己的家庭送丧的时候,他们终于表现出了青年应有的清醒与保守,当然他们的这种保守也带来了更为激进的"文革"的打压,因此一代红卫兵陷入了难以自拔的苦闷。郭路生1967年年初开始创作的《鱼儿三部曲》,就是当时心情的写照,抒发了一代"红卫兵"由狂热到失落、彷徨再到如何寻找自身行为价值的思索。"冷漠的冰层下鱼儿顺水而去,听不到一声鱼儿痛苦的叹息,既然得不到一点温暖的阳光,又怎能迎送生命中绚烂的朝夕?!现实中没有波浪,可怎么浴血搏击?前程呵,远不可测,又怎么把希望托寄?"敏感的心灵和自觉的思考中我们可以看到一代青年已经从集体的狂欢中走向了自我的觉醒。郭路生后来回忆说:"那是1967年末、1968年初的冰封雪冻之际,有一回我去农大附中途经一片农田，旁边有一条沟不叫沟、河不像河的水流，两岸已冻了冰，只有中间一条瘦瘦的流水，一下子触动了我的心灵。因当时'红卫兵运动'受挫，大家心情都十分不好，这一景象使我联想起见不到阳光的冰层之下，鱼儿（即我们）是怎样的生活。"① 把青年个体的生活、成长、未来从当时的荒诞与喧嚣中解脱出来，思考青春成长与价值的命题，使作者成为当时红卫兵青年群体中罕见的精神独立者。1968 年 3 月创作完成的《相信未来》，表达了失落、彷徨中的自信与寻找。"当蜘蛛网无情地查封了我的炉台，当灰烬的余烟叹息着贫困的悲哀，我依然固执地铺平失望的灰烬，用美丽的雪花写下：相信未来。"虽然已经体验到了现实生活的打击，但依然怀抱着对未来的理想主义的信念。"不管人们对于我们腐烂的皮肉，那些迷途的惆怅、失败的苦痛，是寄予感动的热泪、深切的同情，还是给以轻蔑的微笑、辛辣的嘲讽。我坚信人们对于我们的脊骨，那无数次的探索、迷途、失败和成功，一定会给予热情、客观、公正的评定。是的，我焦急地等待着他们的评定。"作为红卫兵的一员，在对过去的反省和对现实的深刻思考中，他已经认识到自身行为的不合理之处，但是青年狂傲不羁的心理和寻求理想生活的愿望依然涤荡着他"路漫漫其修远兮，吾将上下而求索"的自信和追求。

---

① 谢冕等主编：《诗探索》第 2 辑，北京：首都师范大学出版社，1994 年。

第三节　下乡知青的创作及其心态

知青与"文革"，八年跌宕起伏的青春经历慨叹着人生理想的激昂、失落与彷徨。抱着"大有作为"的信念，却发现天地广阔"无所作为"，这无疑成为知青的第一个理想落差，使得激情消逝，哀从中来，因此青年的觉醒与反抗也就顺理成章。然而从地下手抄小说中，我们发现，觉醒的青年们在青春被放逐的无奈中却没有放逐个体独立的灵魂，在艰苦生活、不公正待遇的苍凉体验中，他们依然顽强地、执着地表达着人性的坚韧。

一、奉献与激情

作为一场政治运动，以青年学生为主体的"红卫兵造反"运动于 1968 年 8 月，在持续了两年左右的时间后就由于政治的需要而被终止了，但是作为一种心态和精神，它并没有消失得那么快，即便是青年学生们没有政治利用价值而被发配到边远的山区接受"贫下中农再教育"的时候，这种"毛主席的红卫兵"情结依然深深地影响着他们。在当时的一些流行歌曲中我们随处可以体会到这种精神的存在。

上海人民出版社 1975 年结集出版的《激流红心》中知青们下乡初期创作的组歌、对口快板、群口词、独幕话剧等集中地反映了城市青年下乡初期在毛主席"农村是一个广阔的天地，在那里是可以大有作为的！"的教导下，心甘情愿扎根农村、挥洒激情、奉献青春的坚定与豪壮。组歌《坚持上山下乡》由昂首阔步奔下乡、一代新人在成长、大干快上、火红的青春向党敬献四部分，其中"时代的航船乘风破浪，我们的队伍浩浩荡荡，昂首阔步，奔赴农村，激情胜过滔滔长江。""穿过田野，越过村庄，拖拉机上歌声飞扬，我们的农村天地广啊，一代新人在成长。""阳光灿烂照亮心田，广阔天地春色烂漫，踏遍海岛芦荡荒滩，银锄开出大寨新田，批林批孔一马当先，坚持乡村，干劲冲天，跟着领袖毛主席，誓把火红的青春向党敬献。"① 以及班长老高在迎接众多知青到来时说的"今天我们都实现了自己的理想，来到了我们向往的地方！"都用一种激情昂扬的话语表达了知青们在毛主席教导下希望在农村广阔天地中大有作为的雄心壮志。从崇拜与狂热中走过来的青年，对共产党和毛主席的热爱和信赖依然使其内心充满着无限的神圣感。

这在张长弓的小说《青春》中我们同样可以体会到。小说采用日记体的形式，但是与其他日记体小说不同的是这里主人公讲述的并不是个体心灵的独白，而是用日记的形式展示了宏大年代青年的公共声音。小说的开篇写道 1969 年 3 月 1 日，主人公贺苗苗告别北京时的心情："我比任何人都起得早，心里有一支欢乐的乐曲在演奏着。都

① 上海市农业局编：《激流红心》，上海：上海人民出版社，1975 年，第 2—19 页。

是些什么乐器呀？我弄不清楚，反正像画眉鸟叫，像泉水从崖头滴到青石板上，像小溪跳跃着越过满是石块的河槽，像……又像是舞红旗，敲战鼓，放礼炮，响春雷，又像……这一支欢乐的乐曲有一个主调，那就是：'我从今天起走向生活了！'"①当潘彬向农垦战士彩虹抛出"青春垫猪圈"的思想时，以苗苗为首的战士们与潘彬展开了"两条路线"的斗争，并最终经过重重努力把彩虹教育到自己的阶级阵营中来，在他们的观念中，自己的青春一方面是革命的青春，同时也是祖国的青春，理想只有插上革命的翅膀才能使青春高高飞翔。这是主流意识形态宣扬的声音，同时也是一代青年中很多人在崇拜中所认同的观点，我们站在今天看过去，不得不承认其中确实包含着特定年代道德的理想主义和时代人格的高尚品质。这种"左"的精神曾让一代人具有了奉献的执着、牺牲的高尚和人格的坚韧，这种可贵的精神也使知青们返城之后没有因委屈而堕落、颓废，反而依然用激情来缔造新生活。但是，不可回避的是，激情过后这种青春的受骗感和荒芜感必然带来一大批在城市中接受了良好教育的青年的觉醒与批判。

二、觉醒与批判

当成千上万的青年在党的号召下背井离乡，来到偏远落后的农村时，当艰苦的生活环境和繁重的体力劳动消耗了他们的青春激情时，

---

① 张长弓：《青春》，呼和浩特：内蒙古人民出版社，1973 年，第 11 页。

青年的灵魂慢慢地苏醒，他们开始意识到自己被欺骗被耽误的不幸遭遇，原本用自己青春的价值换取成人世界认同的做法现在显得异常渺茫而毫无意义。因此，深沉的思考和理性的批判成为很多青年找回青春的支点，实现自我同一性的价值选择。

文学中最早表现青年的觉醒的是郭路生，他于1968年12月下旬和同学一起去山西杏花村插队，离京时完成《这是四点零八分的北京》。诗中写的是"文革"不需要"红卫兵的造反"，而把他们像清理垃圾一样清理出大城市的时刻。这样一个不情愿又无奈的时刻的到来深深地刺痛了几个月前还高喊"相信未来"的郭路生。一代人的迷茫始于此刻，由绝望而生的觉醒也始于此刻。他并没有像《青春》中贺苗苗离京到更广阔的农村天地去时的激动与兴奋，当四点零八分，听到一声雄伟的汽笛长鸣之时，"我的心骤然一阵疼痛，一定是妈妈缀扣子的针线穿透了心胸。这时，我的心变成了一只风筝，风筝的线绳就在妈妈手中。"心灵的阵痛和对"我的，最后的北京"的怅惘与留恋标志着一代青年在精神上已经从"乌托邦神话"中觉醒。稍后于1969年夏所作的《寒风》则展现了一代青年灵魂觉醒后的反叛意识。"我来自北方的荒山野林，和严冬一起在人世降临。可能因为我粗野又寒冷，人间对我是一腔的仇恨。为博得人们的好感和亲近，我慷慨地散落了所有的白银，并一路狂奔着跑向村舍，向人们送去丰收的喜讯。而我却因此成了乞丐，四处流落，无处栖身。有一次我试着闯入人家，却被一把推出窗门。紧闭的门窗外，人们听任我，在饥饿的中哀号呻吟。我终于明白了，在这地球上，比我冷得多的，是人们的心。"诗中有作者觉醒后的迷惘与苦闷，然而更有看破冰冷的人心之后的失落和义愤，对现实的不满和批判在诗中散发着理性的光辉。

当然作为青年诗人，对"文革"中的人与社会解剖力度最大、批判力度最强的要数"贵州诗人群"中的黄翔了。他的《野兽》中个体抗争精神得到了充分显现。"我是一只被追捕的野兽＼我是一只刚捕获的野兽＼我是被野兽践踏的野兽＼我是践踏野兽的野兽＼我的年代扑倒我＼斜乜着眼睛＼把脚踏在我的鼻梁架上＼撕着＼咬着＼啃着＼直啃到仅仅剩下我的骨头＼即使我仅仅剩下一根骨头＼我也要哽住我的可憎年代的咽喉。"诗中控诉了一个摧残人的肉体、桎梏人的精神的野蛮时代，人情、人性、人道的温情已经荡然无存，人人沦落为野兽的疯狂行为酿成了人类互相残害的灾难。《我看见一场战争》则对"文化大革命"展开了彻底的批判，"我看见刺刀和士兵在我的诗行里巡逻＼在每一个人的良心里搜索＼一种冥顽的＼愚昧的＼粗暴的力量＼压倒一切＼控制一切＼在无与伦比的空前绝后的暴力的＼进攻面前＼我看见人性的性爱在退化＼火的有机体心理失调＼精神分裂症泛滥\个性被消灭\啊啊\你无形的战争呀\你罪恶的战争呀\你是两千五百多年封建集权战争的\延长和继续\你是两千五百多年精神奴役战争的\集中和扩大。""文革"的愚昧、暴力、人性缺失、精神奴役等一系列惨无人道的压抑青年、残害青年的负面东西在诗人胸中呼之欲出。

此外,"白洋淀诗人群"中的多多、芒克等也用自己的诗作展现了特定历史年代青年的觉醒与可贵的批判精神。

三、苍凉与坚韧

中国青年无论在什么样的时代境遇中,民族文化精神血脉中的坚韧与奋斗的品格始终伴随着青年的成长,正如《习近平的七年知青岁月》中讲到的,"在困境中完成了一次蜕变,实现了精神上的升华",①知青文学中同样如此,在文中主人公的觉醒与批判背后,我们深切感受到了苍凉与坚韧的精神底色。

(1)青春荒芜中的苍凉感受

知青中广泛流传的小说《波动》,采用多个主人公第一人称叙述的方式,让我们在杨汛、萧凌等多个青年的内心独白和意识流动中看到了一代青年的悲剧生活。一个个"充满了个人情绪的意象为全书定

---

① 中央党校采访实录编辑室:《习近平的七年知青岁月》,北京:中共中央党校出版社,2017年,第100页。

下了压抑的基调"① 充满了知青们被历史和现实抛得如此遥远的苍凉感受。这在主人公萧凌的苦难经历中体现得最为显著。父母被迫害惨死的梦魇般的回忆，农村插队时被前男友抛弃的剧烈伤痛，遇到了相爱的人杨汛却又因自己的历史问题遭到了李东平的阻挡，而且这一阻挡又一次使她牺牲了自己一点也不光明的前途，这时对人性的失望使她生的欲望完全泯灭，人生意义的虚无化作了她对死的渴求。

这种无奈与苍凉体现在萧凌的意识流动中："有时候，我就像一个疲劳的旅客，被抛在中途的小站上，既不想到起点，也不想到终点，只想安静而长久地休息一下。""空虚、飘渺、漫无目的，这是我加给夜的感觉？还是夜加给我的感觉？真分不清楚，哪儿是我，哪儿是夜，似乎这些都浑然一体了。常常是这样，有生命的东西和无生命的东西在一起的时候，才会和谐、平静，没有冲突，没有欲望，什么都没有。"萧凌在不堪回首的痛苦往事中得出的唯一结论是："活着，只不过是一个事实。"祖国、责任这些宏大的命题在她的观念里已经化为泡影，她常常感叹"咱们这代人的梦太苦了，也太长了，总是醒不了，即使醒了，你会发现准有另一场恶梦在等着你。"即使遇到杨汛这个自己所爱也深爱着自己的人，她依然找不到安全感和心灵的寄

---

① 陈思和：《中国当代文学史教程》(第二版)，上海：复旦大学出版社，2006 年，第 185 页。

托，总是本能地告诉自己"都是暂时的，正像我们的微笑是暂时的一样。"她这种对幸福、美好、光明的躲避体现了她心灵和精神受伤害程度之深。即使在恋爱中，她仍真切地感觉到"自己老了，像个坐在门口晒太阳的老奶奶，冷漠地打量着每一个过路人"。在爱情面前，她不敢相信其存在的真实性，在她的潜意识里充斥着微笑属于瞬息，而幸福只属于想象的悲剧感，这种悲剧感牵引她达到了虚无与苍凉的极致。

陈思和先生认为萧凌是那个"粗暴""狂野""残忍"的环境中所保住的人性的一点"优雅"与"诗意"，就是在时代的黑暗中一点人性的"星光"，[1] 杨健在《文化大革命中的地下文学》中也指出小说中的"星光"就是"深藏在萧凌等人心底的未曾泯灭的人的良知"，[2] 由此我们应该深度思考的是，小说的结尾萧凌在山洪中遇难，在对人性的彻底失望中其实灌注更多的是一些知青对人性的彻底失望和人生命运无路可走的透骨苍凉。

（2）夜色里寻找真实的太阳

文学在一系列的政治批判运动中形成的思想荒漠化、文化严重缺失的事实已经不能满足作者表达自我的渴望，更不能满足读者寻

---

[1] 陈思和：《中国当代文学史教程》（第二版），上海：复旦大学出版社，2006年，第186页。
[2] 杨健：《文化大革命中的地下文学》，北京：朝华出版社，1993年，第168页。

找精神家园的内心需求。《公开的情书》之所以在当时的知青中那么广泛地被传抄，最根本的原因即在于小说中四个主人公（真真、老久、老嘎、老邪门）半年间（一九七〇年二月至八月）的四十三封书信，每一封都是没有被"浩劫"压倒的青年的灵魂的呼声。作者用书信这一新颖的艺术体裁，发出了久被时代压抑中依然保持坚毅、昂扬、向上、探索精神的一群青年不屈的灵魂。有人说它是"一代青年的精神启示录"，洪子诚教授也曾谈到"这些往来信件所处理的，是以脱离（自觉的，或被动的）规范的生活轨道的年轻人，对现实处境和生活道路的思考，对所关切的人生、爱情、责任、民族未来等的探索。"① 在这一精神的探索向度上，我们惊喜地看到，虽然历尽荒诞与劫难，虽然在风华正茂的年龄他们被驱逐出象征现代文明的城市，来到落后的边疆农村，忍受着青春被放逐中的苍凉与苦难，但是他们依然没有放弃寻找自我，追求光明未来的努力，和西方同时代的青年进行比较，他们没有在对现实的失望中走向堕落，成为"垮掉的一代"，而依然在孤独冷漠的环境中追逐着人性的美好，用"黑夜给了我黑色的眼睛，我却用它来寻找光明"的奋斗精神实践着对青春的坚守。

这在小说的主人公老久身上得到了最突出的展现，在对爱情的

---

① 洪子诚：《中国当代文学史》，北京：北京大学出版社，1999 年，第 217 页。

追求上，老久在给真真的信中庄严地宣告："我们这一代人将以自己豪迈的爱情，记录在人类感情发展的史诗上！"在长期视爱情为文学表达的禁区的时代，用情书连缀成小说的全部，而且注明是"公开"的，无疑表达了青年作者表达青春本色的勇气。在对未来和事业的追求中，思想的清醒者老久在苦恼于时代的青年为什么思想这般混乱时，彰显了自己的探索和努力："我们努力探索着，希望我们的工作成为茫茫大海中的一盏灯，给年轻的朋友们指明方向。我们坚持不懈地努力，不让奋斗精神丧失，不让热情的火花熄灭。"这种在"浩劫"中依然坚韧、向上的精神品格同样也体现在老久送真真映山红的细节中，采一朵火红的、生命力旺盛的映山红，装在信封中送到自己心爱的人手上，即使青春遭遇苦难、遭遇被放逐，但他们始终没有放弃对未来和理想的追寻。这种强烈的信念、坚韧的毅力和昂扬的气概也正印证了作者写作的初衷。靳凡在《彷徨·思考·创造——致〈公开的情书〉的读者》中曾谈道："思想的垦荒者，如果只是去清除愚昧的野草，而没有在这块空地上不失时机地播下种子，那么，要不了多久，这块浸满先驱者血汗的空地就会重新长满迷信的荆棘。"[①]从中我们可以看到一代青年作者在夜色里寻找真实的太阳的坚韧和勇气，他们已经从噩梦中觉醒，追求青年的主体性、个体价值作为一股潜流在

---

① 靳凡：《公开的情书》，北京：北京出版社，1981 年，第 170 页。

为新时期的青春文化积蓄着能量。无论在对思想与文化的追求上，还是在对文学艺术形式的探索中，这无疑都为新时期文学孕育着无限的生机。

第四章
50—70年代作家的身份认同与青春书写

　　在新中国成立这样一个古老民族焕发出青春活力的特殊时代，社会制度的变化以及随之而来的文化和意识形态的变迁，使得文学创作领域出现了作家队伍的更迭。前面我们已经分析了解放区成长起来的作家和伴随新中国一同成长起来的青年作家在毛泽东"中国作风和中国气派"旗帜引导下文学创作中的青春心态，可以说50—70年代文学中这一青春心态的出现，一方面由于文学参与了新中国成立后现代民族国家的建构，是与"现代中国"与新社会的文化和政治意识形态共同成长的，另一方面，新的国家、新的文化和新的意识形态重新生成的过程中，作为民族共同体一员的作家，尤其是青年作家在通过文学创作寻找"自我统一性"的过程中，其心理和情感的变化在作品中就表现出了对个体身份的建构和认同。因此，从作家的身份认同这一角度来看文学中的青春心态与作家创作的关联将有助于我们更加深入地走进 20 世纪 50—70 年代的文学现场，理解文学生成的深层动因。

所谓"身份认同"，就是人们对于自我身份的一种"确认"，即回答和解决"我是谁"这一问题。为了下文更好地论述，我们首先介绍一下本文所采用的理论根据。认同 (Identity) 理论，又称"同一性"理论，是美国著名的心理学家埃里克森提出来的，其"同一性"概念直接源于临床经验，Erickson 首次使用自我同一性描述从二战返回的士兵正经历生活中的一致性和连续性的缺失的障碍，他在心理实验中发现，"这些士兵缺乏的是同一感。他们知道他们是谁，有个人的同一性，但似乎他们的生活不再连结在一起，有一个核心的障碍，称为自我同一性的缺失。"作为一种社会心理现象，最令人满意的同一感被体验为一种心理社会的安宁之感。它最明显的伴随情况是一种个人身体上的自在之感，一种自知何去何从之感，以及一种预期能获得有价值的人们承认的内在保证。

埃里克森的理论贡献在于，在用自我认同理论研究青少年的心理和精神问题时，视野进一步扩大，由心理意义上的认同感，延伸到社会、文化意义上，使"自我认同"这一概念获得了更普遍的意义和更深刻的社会内涵。他认为年轻的生命个体在走向社会、寻找自我的过程中，受到来自成人世界的文化引导和规约，当他们走进"阶级""民族""文化"等社会身份序列中时，在得到成人世界的承认和找到自己在社会中的位置这样的心理需求下，很容易产生特定的身份认同，即埃里克森所说的"坚实的内在同一性"。

另外他还强调了意识形态在个人身份认同完成过程中所起的重要作用。埃里克森认为，个体的身份认同无法离开意识形态而单独完成，"同一性和意识形态乃是同一过程的两个方面。二者都为个人的进一步成熟提供必要的条件"。意识形态不仅能"为年轻个人的萌芽同一性提供作为框架的一种地理——历史意象"，而且，它还是个体身份认同的充要条件："没有这些意识形态的信奉，不管'生命方式'所蕴藏的意义如何，青少年总经受着价值混乱的痛苦"。[1]

同时，生命个体对自我身份的确认也是一个不断变化发展的过程，如果人与环境之间发生冲突或不相融合，那么对身份的焦虑就必然会出现。在一定的社会制度意义上，作家本身就是一种身份，在社会中有特定的职能和功能划分，但是在新中国成立后的社会语境中，作家群体在社会身份上却呈现出了其复杂性，"党员""文艺战士""文艺领导"等角色给作家的身份造成了一种模糊不清甚至尴尬的局面。

---

[1]　埃里克·H.埃里克森：《同一性：青少年与危机》，杭州：浙江教育出版社，1998年，第174—175页。

50—70 年作家们对自我身份的认同焦虑就是由于个人与民族国家的变化的不适应，与新的意识形态的不协调而产生的。其最终的认同选择对中国当代文学的创作和生成具有十分密切的关系。

第一节　认同于革命和"文艺战士"身份的青春书写

1942 年毛泽东《在延安文艺座谈会上的讲话》中开篇就强调了"文化军队"在中国革命中的作用，"我们今天开会就是要使文艺很好地成为整个革命机器的一个部分，作为团结人民、教育人民、打击敌人、消灭敌人的有力的武器，帮助人民同心同德地和敌人作斗争。"①这里的文化军队即是指以作家为主体的文艺队伍，由于 20 世纪中国现代历史上长期的战争混乱加之中国文人几千年传统文化所积淀的潜意识中深重的"救世"意识，自"五四"以来，首先觉醒的知识分子作家们就自觉地、积极地走进了革命的队伍，成为革命的主力之一。新中国成立后 50—70 年代，在延安文艺传统的影响之下，尤其是第一次文代会把解放区文学确立为新中国的文学发展方向后，新的国家意识形态的建构要求作家的身份不仅仅是作家，更是"党员""文艺领导者"或"文艺战士"，是无产阶级革命大军的一名普通士兵。

这一时期的作家主体是来自解放区的作家和伴随着新中国的成立同步成长起来的青年作家。"他们成长于新体制之中，他们天然地集'党员''革命干部'与作家身份于一身，因而具有先天性优势。……

---

① 中共中央毛泽东选集出版委员会：《毛泽东选集》（合订一卷本），北京：人民出版社，1964 年，第 805 页。

他们无不自豪地自认为'文艺战士'。'文艺战士'是一个至上光荣的称号，也是一种集体身份认同。"① 对革命天然的认同在青年作家王蒙身上最为凸显。在《王蒙自传》第一部《半生多事》中他谈到了中学时代共产党员李新同志对他走向革命产生的巨大影响，在听了李新的一次演讲之后"我当时立即相信：李新同志、共产党人的逻辑、正义、为民立言、全新理想、充满希望、信心百倍、侃侃而谈、润物启智、真理在手、颠扑不破……是任何力量也阻挡不住的。作为新生力量的共产党，他讲的是多么光明，多么科学，多么有作为，多么激动人心啊。"于是"当革命的要求革命的依据革命的条件成熟而且强烈到连孩子都要做出革命的抉择革命的宣示的时候，当这种宣示就像木材一样一碰就碰到了电火雷击的时候，这样的革命当然就完全是不可避免，无法遏制的了。"② 刚踏入中学校门不久的王蒙就自觉地发出了"我要革命"的呐喊，他认为，革命点燃了他青春的烈火，革命乃是青年人盛大的节日，这在其小说《青春万岁》里可以得到很好的印证。王蒙的一生都是在这样的革命激情中生活和创作的。在写于 1980 年 7 月的《我在寻找什么》一文中作者又重申："我始终认为，文学与革命

① 戚学英：《从阶级规训到身份认同——建国初期作家身份的转换与当代文学的生成》，《中国文学研究》2008 第 2 期。
② 王蒙：《王蒙自传·半生多事》（第一部），广州：花城出版社，2006 年，第42—43 页。

是天生地一致的和不可分割的，它们有着共同的目标——旧世界打个落花流水，鲜红的太阳照遍全球。文学是革命的脉搏、革命的信号、革命的良心，而革命是文学的主导、文学的灵魂、文学的源泉。"①

如果说王蒙对于革命的认同是与其青春的激情和浪漫的理想结合在一起的话，那么建国后成长于解放区的作家在思想觉悟上则更进一步，他们自觉地把自己纳入"文艺战士"的身份队伍中，把作家的身份和革命者——"战士"的身份天然地融合在一起。对战争的亲历使作家们天然地具有战士的意识和品质，杨沫在散文《青春是美好的》一文中说过："《青春之歌》是我投身革命生涯的'血'那些视死如归的英雄，那些无私无畏的革命群众，感染着我，激励着我不能不拿起笔来在和平的环境中，从事新的战斗。"②郭小川的《投入火热的斗争》也是以一名革命老战士的口吻号召青年们以"战士"的身份加入到新中国的建设这样伟大的历史洪流中。

对附加于作家身份之上的战士身份的认同，突出地表现在革命历史题材小说的创作的繁荣，《青春之歌》《林海雪原》《野火春风斗古城》《战斗的青春》等都是其中的优秀之作。作家们一方面在对历史的追忆中确认自己的"战士"身份，对历史的回顾和书写过程同时也

---

① 王蒙：《王蒙文存》（第二十一卷），北京：人民文学出版社，2003年，第23页。
② 杨沫：《杨沫散文选》，长沙：湖南人民出版社，1981年，第38页。

是作家情感和身份认同的过程，在这样的叙事中，作家的"自我统一性"得以完成。另一方面，战争年代的精神特质依然支撑着他们在新的历史条件下，投入新的革命和战斗。战斗的姿态是那个年代作家们认同并向往继续保持的理想状态，因为在他们看来，这样的状态使得他们的情感和人性在最大的限度上达到了自由。杨沫曾以《怀念》为题，描写过这样的感受，她谈到战争年代，生活虽艰苦，精神却愉快。那时候无论斗争还是生活都比较单纯，"军民之间、干群之间，领导者与被领导者之间，都像融融春水里一群俯仰自如的鱼儿，互相关切，互相扶助，亲密无间……"在这样的人情、人际氛围中，作家体验到了革命带来的精神上的欢愉。而解放后，中国站起来了，物质条件也逐渐好起来了。"在欢愉中，我却常有一种惘然若失的感觉袭上心头。"①

　　由此可以看出，作者对"文艺战士"身份的认同实际上源于对战争年代人与人之间的关系和感情的认同，源于对战争状态下彰显出的人性的忠诚、无私奉献、相互关怀、相互信任等战士所具有的道德品质的认同。在散文《花蕊》中杨沫曾回忆到 1959 年的一个秋夜，她在周总理家与周总理和邓颖超一起看自己创作的电影《青春之歌》的情景："我神经突然迸发出一种异常的感觉——我恍惚如入芝兰之

---

① 　杨沫：《杨沫散文选》，长沙：湖南人民出版社，1981 年，第 79—80 页。

室，更仿佛飘逸在美妙氤氲的万花丛中。浓重的芬芳包围着我，滋润着我。我的灵魂似乎被清水洗掉，又似被异香熏炙……总之，一种崇高情操的美笼罩着我，包围着我，我觉得幸福，也觉得惭愧。从这时起，我才深深体会到灵魂的美，精神的美，源于高尚品德，情操所迸发出的纯净的美，是世间所有美中之最美的，最动人心魄的，最深刻的美。"①

正如杨沫一样，战士身上那种崇高的品德、纯净的灵魂、高尚的情操以及为了胜利永远前进、敢于牺牲的精神内涵得到了亲历过战争年代的作家们的普遍认同。比如当时颇受读者欢迎的革命历史题材小说《林海雪原》中，杨子荣形象之所以受到人们的肯定主要原因就在于，他满足了人们对于无产阶级革命战士的期待和想象。他将个人生死置之度外，对阶级事业赤胆忠心，具有正义感，有远大的奋斗理想和高度的革命责任感，对这一人物典型的塑造与接受就表达了作者和广大读者对小说杨子荣身份的认同。

在这些革命英雄的身上，一方面承载着部分作家在战争年代的青春记忆和成长历程，通过他们的战斗经历和光辉形象，作家对共和国的诞生进行了史诗性的描述，在为共和国提供合理证明的同时，也在这一证明的过程中肯定了自我的社会价值，为个人身份和社会地位的

① 杨沫：《杨沫散文选》，长沙：湖南人民出版社，1981年，第45页。

确立提供了面向未来的合理空间。这也是经历了战火纷飞的峥嵘岁月的作家们进入和平年代后，面对平淡无奇的生活，对往昔的一种追怀和留恋。这是共和国历史的颂歌，同时在歌颂与回顾的同时，也抱着作家对新的时代的理想和憧憬。文本中主人公的革命英雄主义和道德理想主义是作家追忆过去踏向未来的精神支撑。

　　乔治·拉伦 (Jorge Larrain) 在《意识形态与文化身份：现代性和第三世界的在场》一书中谈到："在文化碰撞的过程中，权力常常发挥作用……只要不同文化的碰撞中存在着冲突和不对称，文化身份的问题就会出现。"① 作家们正是通过这一创作过程把自己的过去和现在连在了一起，找到了自我身份的"同一感"，在这样的心理准备之后，他们才能以主人翁的姿态，在服从并归属于新生的政权中展开未来的生活。作家们以对时代的敏锐感应，抱着乐观主义的态度，用主流的价值观来审视社会人生，他们将个人的奋斗与社会群体的前途结合起来，内心充溢着强烈的使命感，个人话语的表达欲望与时代主旋律交错扭结在一起，成为时代精神和意识形态的代言者。这种心态下的写作人为地削减了作品的深度，以其强烈的政治认同感，取代了知识分子的理性思索和批判。

---

① 乔治·拉伦著，戴从容译：《意识形态与文化身份：现代性和第三世界的在场》，上海：上海教育出版社，2005年。

第二节　认同于现代民族国家想象的青春书写

本书所探讨的现代民族国家是指在文化想象基础上形成的共同体。自近代以来，对现代民族共同体的想象，就已经成为文学创作的重要主题，百年的屈辱与顽强抗争之后，中华人民共和国的成立使得这一要求显得更为迫近和强烈。现代民族国家的形成，根植于民族文化的共同基础之中。现代民族国家的稳定和发展取决于其内部的文化认同，并且还需要文化为其提供精神动力之源。文学作为文化的重要载体，作家作为文化传播和创造的主体之一，在现代民族国家形成的过程中发挥了至关重要的作用。

50—70年代作家对现代民族国家想象的认同集中表现在作家对文学"新人"的塑造上。纵观这一时期的创作实践，文学自觉地承担起了营造未来理想社会形态和"现代新人"理想精神的神圣使命。打开这一时期的文学文本，无论是革命历史题材中的战斗英雄，社会主义建设时期的劳动楷模，都带着无限高尚的精神风貌活跃在文学的人物画廊中。《创业史》中的梁生宝、徐改霞，《青春之歌》中的林道静、卢嘉川、江华等，《三里湾》中的王玉生、灵芝，《山乡巨变》中的邓秀梅、刘雨生、盛淑君、陈大村等，《艳阳天》中的萧长春、焦淑红，《战斗的青春》中的许凤、李铁，话剧《千万不要忘记》中的季友良，

《年青的一代》中的萧继业,《布谷鸟又叫了》中的童亚男,"文革"时期主要有《红灯记》中的李铁梅,《智取威虎山》中的杨子荣……作者们以超前的眼光、大胆的想象和戏剧化地解决人物矛盾的艺术手法,赋予了"现代新人"以高尚的思想品格。"创造'社会主义新人'实际上就是要树立一套崭新的社会主义文化价值体系,它是一种全新的文化想像和政治认同"。①

李杨曾用"话语"理论对《青春之歌》进行解读,他认为林道静作为一个女性形象,从小说一开始就是作为一个边缘个体而存在的,而出现在她生命历程中的一个个男性形象却代表了不同的"话语系统"和"抽象本质",土豪劣绅余敬唐、右翼小资产阶级余永泽、国民党特务如封建军阀胡梦安、共产党人卢嘉川、江华,如果按"国家话语密码"来解读的话,每一个男性的出现都代表着国家的一种发展模式,暗示了民族的一种前途,也代表着林道静一生个人和婚姻的前途。林道静最终个人的归宿和革命的选择是一致的,因此可以说林道静即是"中国"的象征,林道静在一系列男性形象的引导下一步步走上革命的过程,也就是中国在不同的发展模式探索中一步步走向现代的过程。这样,《青春之歌》在现代民族共同体的想象与建构中,其政治与文化方面的意义就超越了作为一部文学作品所单具的文学价值。

---

① 旷新年:《人民文学:未完成的历史建构》,《文艺理论与批评》2005 年第 6 期。

如果说《青春之歌》是通过讲述历史来建构一个"现代中国"，那么，赵树理的《三里湾》、周立波的《山乡巨变》、柳青的《创业史》等则是通过展示农村的今天与未来来进一步想象"中国"。《三里湾》主要围绕扩社、修渠等问题，以及在这两大工作中怎样动员具有个体小农自私、落后色彩的农民糊涂涂、常有理等人参与到集体中来，共同走社会主义道路这一新型问题。赵树理在对农业集体化的叙述中塑造了玉生、灵芝、马有翼等社会主义的农民新人形象，作为第一部描写农村集体化的长篇小说，1955年出版的《三里湾》"创造了一种新的文学风格和文学秩序。这不仅是一种文学传统的重建，更重要的是一种政治、社会和人的重建。也是作家对自己言说方式和文化身份的确立和重建。"① 《山乡巨变》也是"通过几个家庭，十几个人物的变化，反映了集体主义思想的胜利和社会的巨大变革。细心的读者不难看出，刘雨生的婚变，陈先晋一家的矛盾，菊咬金夫妻的假闹，无一不和正在农村进行的合作化这一社会主义叙事息息相关。作者正是要透过这些日常的生活琐事，来显示这个国家本质的生成过程。"②

比《山乡巨变》更进一步，文学中梁生宝这一新型农民形象的出现标志着历尽苦难与艰辛的中国农民终于找到了自己的现代本质。在

① 旷新年：《写在当代文学边上》，上海：上海教育出版社，2005年，第29页。
② 李杨：《抗争宿命之路——"社会主义现实主义"（1942—1976）研究》，长春：时代文艺出版社，1993年，第110页。

文学的农民形象系列中，梁生宝的出众之处在于，他对党的政策有着天然的敏感、超强的悟性和绝对的认同，文本中写道，县委杨副书记和区委王佐民书记透彻的理论分析给梁生宝上了一堂宝贵的革命建设实践课，使他办互助组的决心更大，意志更坚决，作者在梁生宝与比他更早入党的共产党员郭振山的对比中使得叙事不断向前推进，最终由先进的农民成长成为一名合格的社会主义建设者，具有了作为"国家本质"的象征含义。

由"新人"的成长和塑造而获得的国家抽象本质在深层的文化意义上就造成了一种民族认同的氛围，文学的意识形态功能此时得到了最大限度的体现。正如学者指出的，"民族主义作为意识形态可以通过对其成员提供一种民族认同的氛围，使他们在自己的切身感受中，产生对自己民族的'自豪感'、'归属感'、'使命感'。这些'认同感'、'使命感'、'自豪感'、'归属感'的形成，就像一种极强的黏合剂，使每个民族成员在潜意识中形成一种强烈的向心力，使各个方面、各个层次的人都团结在民族主义的气质周围，将自己的命运与民族共同体的命运紧密联系在一起，并把对群体共同体的忠诚视为一种崇高和神圣，在内心深处产生一种与民族群体同甘苦、共命运的强烈的感情"。①

---

① 贾英健：《全球化背景下的民族国家研究》，北京：中国社会科学出版社，2005 年，第 223—224 页。

但是，如果我们站在一个生命个体的立场上来看，所谓文化认同本质上是人格的屈从和对自我的逃避。对于创作主体来说，这种精神屈从体现为对某种为主流社会文化规范所张扬的理想人格的狂热追求和趋附，文本精神内涵上的意义与价值就具有了一定的虚构性和想象性质。这主要体现为文本中家庭结构的变化，个体与家庭的关系，伦理情感的变化上面。林道静抛弃家庭，梁生宝、萧长春等把家庭放在事业之外，从他们的文化意义上来看，为集体献出了自己的青春力量也就实现了他们在家庭中的价值。革命历史题材的作品中无论是杨子荣还是许凤、李铁他们革命的战斗的集体就是他们所在的家庭，自己所出身的家庭都被作家不自觉地模糊化了，青年人本应在家庭与社会的双重影响下来实现自己由未成年到成年的蜕变，但是50—70年代文学中的青年一出场就带有成年人的痕迹，他们受家庭的影响似乎都很小，即使在优越的家庭中长大的罗大方们，也好像对从阶级意义上定义的旧家庭具有天然的免疫力。个人的成长、成熟与家庭、社会都是息息相关的，"无根"的成长很容易走向偏颇，甚至发展到极端，这也是"文革"期间"无家庭观念""无性"繁殖在样板戏中出现的文化渊源。在中国文化这样一个长期以家庭为社会基本单位，以"家文化"为社会主流伦理道德规范的文化语境内，作家们对家的概念的模糊，深层精神指向上传达出的是对传统文化的远离。那么由此思考，在新的社会和新的文化氛围中，作家们所认同的伦理和文化只是想象中的民族共同体所应有的抽象本质。这种人物精神品质、家庭结构的形成与"现代中国"的同构关系，使得"50—70 年代"文学中人的真实自我被放逐了，而理想化的自我却理所当然地成为社会的"主体"。

李杨在《抗争宿命之路》中把这种叙事体文学的繁荣阐释为一个现代国家的组织和建构需求，的确，这是从现代民族国家的生成这一角度理解文学的。我们换一个角度，从作家创作的立场来看，一个个"新人"的塑造，其实也是作家对"自我"的寻找过程，在新生的政权体制与文艺环境中为自己确立一个合法地位的过程。新中国的巨大吸引力使作家们有一种融入时代主流的渴望，"想国家之所想，急国家之所急"的国家主人公姿态成为作家秉持的统一姿态。这种创作姿态和强烈的社会身份意识一方面符合了时代的需求，另一方面也影响到了作家们的思维方式、情感立场以及观察事物的角度和视野，使这一时期的文学呈现出某种"文学"缺失。也就是说，国家在利用文学为意识形态服务的过程中，其实作家也在通过文学确立自身的"同一性"，文学在这种双重的被利用中越来越偏离了文学的轨道而呈现出了这样一种单一的局面。

第三节　认同于个体自由心灵和作家身份的青春书写

尽管"50—70年代"作家们大多处于政治意识形态的高压之下，很多作家的艺术性情和生命本真都泯灭于集体的话语系统之中，然而，对文学本真的追求和探索也从来没有停止过，"百花时期"青年作家们对自由心灵的书写以及对现实的大胆批判，胡风以一个知识分子的坚韧与道义呈上《三十万言书》，钱谷融《论文学是人学》在1957年的发表，"文革"时期地下诗人的"潜在写作"等都是明显的例证。由于篇幅所限，我们以"百花时期"的青年作家创作和老一代作家胡风的文艺思想为例加以论述。

1956年在"百家争鸣，百花齐放"文艺方针的指导下，相对宽松的文化和政治环境使得一批怀抱青春激情和青春理想的青年作家展露于文坛，创作出了在50—70年代堪称经典的优秀之作。其中代表为王蒙的《组织部新来的青年人》、陆文夫的《小巷深处》、茹志娟的《百合花》、宗璞的《红豆》、邓友梅的《在悬崖上》、刘宾雁的《在桥梁工地上》、《本报内部消息》、刘绍棠的《西苑草》、李准的《灰色的篷帆》等。一批青年作家带着青春的激情和敏感，在"十七年"的话语缝隙间保留下了个体的真实情感，他们从人物内心世界入手，揭示人物精神世界的起伏，运用细节描写来展现人性人情的自然面目，凸显了其性情的自然流露与本能的求真心态。他们对青春的向往，内心的失落与抗争与生命的活力交织在一起在文中迸发，这是文学的真实，更是心灵的真实。

《红豆》女主人公江玫因一个偶然机会认识了英俊潇洒的齐虹，爱情的力量很快打破了她原本安稳的生活秩序。与此同时，舍友萧素作为引领江玫走上革命道路的精神导师也进入了她的内心世界。在这两股力量的撕扯与争夺当中，作者写出了江玫心灵的挣扎和犹疑，虽然她最终的选择毫无悬念，但令人难以释怀的是，江玫对爱情的"告别"并没有做到超然而决绝。当那两粒藏匿在隐秘之处的红豆时隔八年再次让江玫泪水涟涟时，保留在她成长记忆中尚未被革命理性彻底遮蔽的人性柔软终于流露出来。宗璞以青年知识女性的视角，不仅将女主人公面对人生抉择时痛苦、犹疑的心理写得委婉缠绵，而且把男女爱恋中那种甘苦并存、爱恨交织的动人情愫表现得真实可感，还原了个人成长道路中应有的人性温度。

突破爱情描写的"禁区"，在爱情故事的叙述中展现人性的复杂是"百花文学"在"十七年文学"甚至整个"50—70 年代"文学中具有颇高文学地位的重要原因之一，此外青年作家们对个体自由心灵的书写还表现在他们对现实的批判力度上。

《在桥梁工地上》写 1955 年冬天到 1956 年秋天作者在黄河桥梁

工地上采访时的见闻，老干部、桥梁队队长罗立正，与他属下的青年工程师曾刚的冲突。作品赋予罗立正的，是保守、维持现状的思想性格特征，他的工作态度和生活目标，是不遗余力地"领会领导意图"，以保护自己的地位和利益，这便与不墨守成规、要求变革的曾刚发生矛盾。作者在新的思想形态与社会制度中发现了裂痕，因此围绕这一尖锐的矛盾冲突，鞭挞了社会主义工业建设中某些干部存在的官僚主义、保守主义和个人主义思想，堪称"百花时期""干预生活"的代表作品之一。这一方面表现出了年轻知识分子社会批判意识的觉醒，另一方面也可以看出，当这些青年作家在体验生活、认识世界的过程中以理想社会的标尺去衡量现实并对种种问题大声疾呼的时候，已经显现出了其作为"社会良心"的主体姿态。

　　无论是突破爱情禁区，还是大胆对现实进行干预，都表现了他们对作家职责与身份的贯彻和信守，当然他们践行作家身份一个非常重要的原因是时代政策的宽松和文化环境的自由，与他们相比，胡风在艰难环境中对作家身份的坚守更显得难能可贵。

　　胡风的文学和文艺观点是继承了鲁迅的左翼文学传统的，新中国成立之初，虽然作家们陶醉在革命胜利和民族新生的喜悦中，极易产生对现代民族国家的认同心理，但是对于胡风来说，"'作家'身份不仅仅是一个外在的标签，它早已作为作家们的一种自我身份认同而存在着"。① 他坚决反对当时流行的两种标语口号式创作倾向和客观主义倾向，在文艺战线上，"他一方面从战斗道德上呼吁作家和人物同呼吸、共命运，要把自己的创作过程当做自己和人物共同锻炼、成长的炼狱；另一方面从创作规律出发，一再强调作者为了完成神圣的任务，必须发动主观能动性，又称'主观战斗精神'。在实际创作过程中，这就是为了将'对于对象的体现和克服过程'转变为'作家自己的分解和再建过程'，也就是为了使'对象在血肉的感性表现里面涌进作家的艺术世界'，使'作家的思想要求和对象的感性表现结为一体'"。② 可以看出，作为一个对坚决实践"左翼文学精神"的优秀作家，胡风始终坚持通过文学创作参与到伟大的革命和斗争中，履行作家的职责，坚守作家的良心和责任心，珍视自己作家的身份，用精神和艺术的力量去影响现实生活和读者。他把文学作为一种事业，并以对文学事业的热忱和执着当做为党的事业服务的人生实践。这样的思想在他的理论小册子《剑·文艺·人民》《在混乱里面》《逆流的日子》等书中都有明确体现。在《三十万言书》第一部分"几年来的工作简况"中，胡风写到"在我自己，是大半生追求这个革命，把能有的忠诚放在渴求这个革命的胜利上面的人，现在身受到了这个胜利，应该

---

① 戚学英：《从阶级规训到身份认同——建国初期作家身份的转换与当代文学的生成》，《中国文学研究》2008年第2期。
② 胡风：《胡风三十万言书》，武汉：湖北人民出版社，2003年，第9页。

在一个作家的身份上站在人民面前拥护这个革命，歌颂这个革命，解释这个革命的。……我以为，不从自己能有的真情实感去写关于革命斗争现实的文学，那首先就放弃了作为一个作家在这革命紧张关头应尽的本分。"始终恪守作家身份，表现了作为知识分子的胡风对于真理和艺术的执着追求。① 所以当林默涵发表《胡风的反马克思主义的文艺思想》、何其芳发表《现实主义的路，还是反现实主义的路？》、舒芜以检举代替检讨，公然抛出《给路翎的公开信》揭发胡风等人的宗派主义的时候，当政治上文艺界领导对作家的党性要求、党员身份的限制与胡风作为一个文艺工作者自身作家身份发生冲突的时候，胡风在《三十万言书》中愤慨地写道："林默涵同志等想也不想一想，斯大林斥责不要用'宗派的棍子'去征服作家，用棍子是征服不了作家的；那不仅仅是为了指明一个能够叫做作家的作家是不会被棍子征服的，且还是为了一个深刻的思想意义：如果一个作家真正被'宗派的棍子'征服了，那他的心灵就要因为对时代要求说了谎而负伤，鄙弃自己，丧失了对于一个作家说是最基本的东西的品质，伤口扩大起来，从此枯死下去，再也不是一个作家了，顶多也不过磨成一个无灵魂的文字工匠而已。……林默涵同志等想也不想一想，斯大林和毛主席的作品竞赛的原则，不仅仅是为了保护作家的劳动，而且是为了在

---

① 　胡风：《胡风三十万言书》，武汉：湖北人民出版社，2003 年，第 49 页。

深刻的思想意义上保证作家的个性成长和通过实践去实现的思想斗争即思想改造这一活的辩证过程的。堵死了这个过程，文艺就只有枯死而已。违背了实践的观点，违背了艺术创造的规律，我们的文艺事业就不能不忍受这样沉重的损害了。"①

我们站在今天的立场来看，无论是作为党的文艺领导干部的林默涵等，还是坚守作家身份的胡风，他们的目的其实是一致的，都是为了党的事业。但是由于不同的身份认同，领导干部把文艺问题作为政治问题来对待，就使得他们到了敌我不相容的悲剧境地。在新中国成立后的文艺政策和文学创作环境中，胡风的遭遇和受难只是一个典型，一个知识分子胸怀满腔热忱却不被理解、时刻受压制、受迫害，直到其创作权和话语权被剥夺殆尽，这一方面是由于胡风的天才和韧性主观战斗精神，以及对实践对真理的执着追求，只能说在新政权的诞生中，当一部分作家、知识分子由于参与了新中国的缔造过程，来到新社会自然而然享有了一定的权力，但这种权力带来的结果却是双向的，因为文人的思想和创造一旦与权力相结合，就在一定程度上丧失了其独立性和先锋性。新中国成立后像胡风这样坚守"左翼韧性战斗精神"，坚守以真正的文艺来为党服务的作家之所以遭到了这样不幸、悲惨的命运一方面在于文化形态和文化力

---

① 胡风：《胡风三十万言书》，武汉：湖北人民出版社，2003 年，第 163—165 页。

量发展的不成熟，另一方面在于现代性追求中的激进心理使文学带有了更多的世俗功利色彩。文化发展的不成熟使得文学已无立身之地，在政治的强大气流中日渐微弱。

第五章
青春心态与当代文学的生成

　　从上文分析中，我们可以看出 20 世纪 50—70 年代文学中的青春心态，一方面指这一时期文本精神内涵上的青春气韵和作家作为创作主体对时代情绪的激情描述与言说，另一方面从文化形态和文学与民族现代性的角度来看，隐含着作家在书写过程中复杂矛盾的心态张力和这一心态背后的文化缺失。新中国成立之后，青春心态的这一复杂性，一方面在文坛创作队伍的更迭中，对进入新的文学规范的作家及其身份认同意识产生了重要的影响，另一方面青春心态文化上的不成熟性参与了文艺界的批判运动，从而在作家创作和文学批判的双重话语下，对文学作品的精神内涵和艺术风格都产生了一定的影响和制约，最终影响了当代文学的生成面貌。

第一节　青春心态与文艺界的批评活动

在现代文学史上，文学观点相近、风格相似的作家一般都被贯之于"流派""作家群"等称谓，作品的艺术水准和思想文化内涵是评价文学的首要条件，但是到了当代，随着文艺界评论者与政权阶层的领导者二者身份的统一，文学的评价标准发生了明显的变化，凸显政治，强调作家创作时的先验立场、革命态度、阶级情感就成了衡量文学有无价值或价值大小的首要前提。因而出现了"胡风反革命集团"、"丁、陈反党集团"等带有军事化色彩的称谓。青春文化在文化形态上的不成熟性与左翼激进文化的合流，使得文艺界在评判标准上过多归属了政治而使其文学性受到了一定程度的制约。

一、"舒芜现象"及其他

研究当代文学史，尤其是发生于当代文坛上的文学批评活动，舒芜现象是一个敏感而又值得关注的个案。

舒芜 1922 年出生于安徽桐城，20 世纪四十年代，二十岁出头的舒芜经好友路翎介绍结识了胡风，连续在其主办文学刊物《希望》上发表文章，从而在文坛崭露头角。然而新中国成立后历史变换了新的面貌，随着政权和意识形态的更替，来自国统区的胡风们虽然一直坚守在左翼革命文艺的前线，面对新中国的成立也写出《时间开始了》

来表达对领袖人物和新的民族政权的认同，但是因为国统区作家的身份加之在香港遭到的批评，相比解放区的作家来说，进入新时代之后，他们依然体验到了身份的尴尬。由于领导同志们政治上的考虑，胡风的身份与现有的体制不相吻合，工作迟迟得不到真正的解决，曾经追随胡风的舒芜，心里不免泛起难以排遣的苦闷。此时的舒芜，还孤身一人留在南宁的一所中学里。看到朋友们大多占据了令他羡慕的位置。"他寄希望于曾经在左翼文艺运动中赫赫有名的胡风，使自己能到首都北京工作。他写信，他来北方，一次又一次，可是，看到和听到的胡风现状，却冰冷冷，令人黯然。不仅自己的工作安排前景黯淡，就是胡风本人，工作安排也迟迟不能解决，而那些当年批判过他和胡风的人，哪一个不是身居要职，盛气凌人？好友路翎，即使有了工作，可是剧作却总也不能上演，朝鲜战争爆发后，又被安排去了抗美援朝的前线。舒芜的心沉重如巨石，他关心胡风的遭际，对接连不断的批评，他也不会不认真掂量。他知道自己的过去、胡风的过去，已经不适应这个时代，胡风的受冷落，对他，正是一种强烈的刺激。"①

在当时的政治和文化语境下，舒芜已经清晰地感觉到突破过去文

---

① 李辉：《胡风集团冤案始末》（解开羁绊中国知识分子几十年的心锁），北京：人民日报出版社，2010 年。

化圈子的必要，他决定改变自己的现状，对于二十多岁的他来说，满腹的才华需要施展，青春的价值迫切需要得以实现。于是，他聪明地决定，"适应"新的环境，为自己的前途寻找并创造机会。1952 年 5 月 20 日舒芜在《长江日报》发表《从头学习〈在延安文艺座谈会上的讲话〉》，6 月 8 日《人民日报》全文转载并加编者按，1952 年 9 月《文艺报》（总第 71 期）发表了舒芜的《致路翎的公开信》，"公开信"分五部分用当时流行的政治标准彻底否定了自己以及朋友们所信仰的文学和主观战斗精神。这种对过去的背叛在当时的确达到了他个人的目的，在提供了一系列揭发"胡风小集团"的材料之后，1952 年舒芜来到北京，进入了权力中心，担任了人民文学出版社编辑，告别了自己人生中的苦闷。

我们从青年文化的角度来看舒芜当时的心态，五十年代初，二十多岁的舒芜正处于风华正茂的青春时代，心理意义上的自我寻找和认同危机使得追求人生的理想，证明自己的实力，实现自我的价值成为这一年龄段青年的明显特征。对于刚刚在文坛起步的舒芜来说，新旧政权的交替以及自己老师胡风遇到的尴尬境遇，使得他在新中国的阳光下，像玻璃上的苍蝇一样前途光明却找不到个人的出路。因而处于边缘人的社会地位，急切确立自身社会角色的心理需求使得他想方设法借助社会上一些特定的权力和资源优势来拓展个人的生存空间，为个人发展寻求一个更加优越的位置。为了达到此目的，告别过去，否定旧我，揭发他人就成为舒芜踏上人生向上阶梯的手段，以此来实现自己的价值，得到社会的肯定和认同。另一方面，舒芜的这一做法也不能仅仅归咎于他人格上的背叛，五十年代青春文化的激进色彩，整个社会形成的文化氛围，尤其是在文艺界，以政治标准代替文学标准的批评活动，在这种文学批评中重新表明立场、划分队伍的方式，为舒芜或者类似其状态的人提供了诱人的机会。加之当时大多数中国知识分子在新中国成立后抱着对新生国家的期待和认同，本身也具有努力进行思想改造的愿望，因此舒芜在以政治观念替代了自己所信仰的文学理论之后，他的"出场"及"显现"就成了文学史上永远的尴尬。

与之相类似，1954 年刚刚大学毕业不久的李希凡和蓝翎合写的《关于〈红楼梦简论〉及其他》《评〈红楼梦研究〉》对俞平伯的《红楼梦》研究进行批判，两位年轻人从政治与阶级的视角解读《红楼梦》，发现了俞平伯研究中的问题所在。但是没有想到，两位年轻人试图在学术上崭露头角的行为引起了毛泽东的重视，1954 年毛泽东写了《关于〈红楼梦〉研究问题的信》，从政治的角度肯定了二者的批判。这以后，好运降临到李希凡和蓝翎二人的头上，两人均被调进人民日报社文艺部任编辑，他们的暂时走红，导致的却是文学及文学研究的进一步被压抑和扼杀。毛泽东的这一做法实际上是由于当时胡适在思想文化界的巨大影响力已经成了新政权在"'社会主义'文化建设中的拦路虎",① 由此社会主义文化的性质就对文学的发展产生了巨大的导向作用,实际上相当于为文学创作制订了某种"规范模式"和一系列"潜规则"。在文化的激进色彩影响下,五十年代接连不断的文艺批判运动不单单影响了文学创作的进行,更大的危险在于对知识分子精神带来了难以磨灭的损害。

由这些现象引起的文学评判标准的变化,就使得文学在整体风格上一改"五四"以来的"勾勒国民麻木的灵魂以引起疗救的注意"和"揭示精神奴役的创伤"等悲凉主题,而在社会主义现实主义创作方法指导下出现了具有革命乐观主义和道德理想主义的"社会主义"性质的文学。文学中出现的人物形象、文学的题材、文学的审美风格较之前的现代文学都发生了脱胎换骨的变化,题材决定论和批判"中间人物论"的文艺倡导,都使得当代文学呈现出了新的风貌和规范形态。

二、"潜在写作"的发生

当作为学术活动的文学批评被上升到专制政治的高度,当思想的自由被政治的立场禁锢的时候,五十年代文学评价标准的变化,尤其

---

① 董健,丁帆,王彬彬:《中国当代文学史新稿》,北京:人民文学出版社,2005 年,第 32 页。

是随之带来的对电影《武训传》的批判、对"胡风反革命集团"的声讨、对"修正主义文艺思想"的批判以及"无产阶级文化大革命"等文艺批判运动的发生，使得文学一方面如上文所说的，在新的标准制约下呈现出"社会主义"的性质。但是，另一方面，"五四"新文化、新文学运动以来追求个体精神现代性的青春品格在文艺批判运动的夹缝中依然在文学的轨道上艰难地延续。具体表现为，在新中国成立后"50—70 年代"的文化环境中，这样的文学形态以一种"潜在写作"的方式存在，相对于当时的主流文学来讲，在精神领域以暗流的形式涌动在作家们的心中，坚守着他们作为知识分子的立场和使命。

在当代文学的"潜在写作"现象中，胡风冤案受难者们面对伤残与苦难的创作是不可回避的存在。他们"绝大多数都是在抗战烽火中成长起来的青年知识分子，他们进入 50 年代的时候，正是年富力强、创作精力旺盛、思想艺术走向成熟的生命阶段，突如其来的劫难并没有彻底熄灭他们的倾吐自己表达自己的创作欲望。"[①] 同时，青年的理想性和正义感使他们坚守了知识分子"求真"的精神立场，坚守作家的使命，以"主观战斗精神"深入创作与生活，"一方面从战斗道德上呼吁作家和人物同呼吸、共命运，要把自己的创作过程当做自己和

---

① 陈思和：《试论当代文学史（1949—1976）的"潜在写作"》，《文学评论》1999 年第 6 期。

人物共同锻炼、成长的炼狱；另一方面从创作规律出发，一再强调作者为了完成神圣的任务，必须发动主观能动性"。①《三十万言书》的写作即是他这一精神的集中体现。即使是后来被抛出了时代的轨道，在狱中的创作同样书写了一个坚守左翼文艺传统的知识分子的独立人格和求真心态。绿原的《又一名哥伦布》《面壁而立》，曾卓的《有赠》《凝望》等作品，都表达了青年作家们在新的时代找不到自己的身份认同感，作为一个精神的游历者陷入无边的荒漠时的复杂心态。张中晓的《无梦楼随笔》，青春的思辨色彩、内心涌动的激情，在那样一个个体心灵遭到压抑的时代，只能以潜在的方式存在，知识分子朴素的梦想以及"爱、感激、生命与永恒的信念"流淌于字里行间，以至于它被公开之后，"让我们看到了那个时代文化的另一面，使之有了一种震撼人心的力度与深度，并使得我们通常容易对那个时代的文学产生的浅薄、轻浮的印象发生改变。"②虽然类似这样的作品在当时并没有发表的空间，但是今天看来，这些与时代保持距离的写作，恰恰清醒地表现了作家们作为一个"主体"的人如何在特殊的年代承担命运的力量。这些宝贵的精神产品接续了"五四"以来的精神传统，在思想史和文学史上都有着重要的意义和价值。

---

① 胡风：《胡风三十万言书》，武汉：湖北人民出版社，2003年，第9页。
② 刘志荣：《潜在写作：1949—1976》，上海：复旦大学出版社，2007年，第237页。

　　"无产阶级文化大革命"的发动是激进文化演变到极致的产物。1966 年 4 月《林彪同志委托江青同志召开的部队文艺工作座谈会纪要》的发表，江青在文艺界领导地位的确立，使"文革"期间文学的公共空间更加萎缩，个人话语的无处释放必然带来"潜在写作"的繁荣。这一时期"潜在写作"的主体是经历了"红卫兵运动"和"上山下乡"的觉醒的青年一代。以黄翔为代表的"贵州诗人群"的创作，以青年人奔放不羁的情感和对现实的大胆反抗发出了自己的生命最强音，"白洋淀诗派"的芒克、根子、多多等人的诗作，把一代青年在"文革"期间精神上经历了深刻动荡之后的迷惘、混沌、苍凉与觉醒的青春心态表现了出来，充分表达了他们对"革命"的失望，以及个体对真实的感情世界和人类精神价值的深入探求欲望。靳凡的《公开的情书》、毕汝协的《九级浪》、赵振开的《波动》、张扬的《第二次握手》、礼平的《晚霞消失的时候》等手抄本小说，与当时的时代主旋律拉开距离，在自我心灵和思想的言说中，表达着自我的价值诉求和艺术感受，情感的真实和艺术的真实得到了青年读者的集体认同，显示了潜在写作的魅力和价值。

　　"自战争开始，中国文学史的发展过程实际上形成了两种传统，'五四'新文学的启蒙文化传统和抗战以来的战争文化传统。……我们在讨论 1949 年以后的当代文学的源流时，不能不注意到两种文学传统的影响。它们有时是以互相补充或者比较一致的方式、有时则以互相冲突以致取代的方式来影响当代文学，这就构成了当代文学的种种特点及其辩证发展的过程。"① 可以说，潜在写作的存在是当代文学在两种文学传统影响下动态、辩证发展的一个方面，它是当代文学丰富性、多样性的有力证明，在主流的价值与意识形态之外，诠释了文学发展的另一个精神向度。因此，"文革"中的潜在写作"上承新文化传统，下启'文革'后中国文学中的许多重要现象：如以伤痕文学、知青小说为代表的人性、人道主义复归潮流，以及现代主义诗歌的实验等等。作为一种存亡绝续的存在，其重要性是不言自明的。"②

① 陈思和：《中国当代文学史教程》(第二版)，上海：复旦大学出版社，2006年，第4—5页。
② 陈思和：《中国当代文学史教程》(第二版)，上海：复旦大学出版社，2006年，第174—175页。

第二节 青春心态与作品的艺术风格

新中国成立后的 50—70 年代，在中华民族获得空前解放的时代氛围里，作家们沉浸在胜利的辉煌、解放的喜悦当中，创作情绪也随之达到了一种激情昂扬的状态，因此在古老民族重新焕发出青春光芒的文化氛围中，作家在创作中流露出了复杂交织的青春文化心态，表现在具体的创作中，主要包括青春心态影响下的语言风格和作家的叙述手段。

一、语言风格

1. 单纯明快的色调

20 世纪 50—70 年代的主流文学，在文本语言上，因为带有明显的时代痕迹，采用的是明朗的、纯粹的语言。这种单纯明快的色调在青年作家的创作中表现得更为明显，是青年作家单纯性格和青春心智的体现，王蒙的《青春万岁》序诗中"所有的日子，所有的日子都来吧，让我编织你们，用青春的金线，和幸福的璎珞，编织你们。有那小船上的歌笑，月下校园的欢舞，细雨蒙蒙里踏青，初雪的早晨行军，还有热烈的争论，跃动的、温暖的心……"整部小说以简单明快的诗歌开头，青年作家陶醉于新生活中的欢快、喜悦之情溢于言表。《风云初记》中描写高翔出场时的语言"……看来很多地方和十年以前的情形相同，也有很多地方不大一样。领导开会的、讲话的、喊口号的还是小个子高翔，他真像一只腾空飞起的鸟儿，总在招呼着别人跟着他飞。十年监狱，没有挫败了这个年轻人，他变得更老成、更能干了。十年的战争的艰苦，也不会磨灭了庆山的青春和热情吧？"①十年狱中的苦难生活，在共产党的阳光普照下，充满了单纯明快的色调。这样的语言风格在当时的时代氛围中的确营造了一种乐观主义的文化氛围，但是，从另一个侧面看，这样的语言特色表明，在文学和时代同步的情况下，由于没有与时代拉开距离，作家们尚不能从历史的纵深感中去驾驭语言，这就在一定程度上削弱了文本的历史感和深度。

2. 高昂豪迈的语气

新中国的成立，这一时期的文学所追求的便是一种"崇高"性质的美学风范，一种高昂、豪迈而明朗的民族现代风格，一种理想主义情怀和民族主义激情。与之相适应，文本语言中语气的高昂豪迈随处可见。《欧阳海之歌》的结尾，人们在英雄的欧阳海生前用过的笔记本上看到"人生短短几十年，终究要化作土尘；但我坚信：革命必胜，真理必胜，共产主义事业必胜！通往胜利的大道，正由千百万无产者的铁脚，一步一步地踏成。"样板戏《智取威虎山》中第二号男英雄

---

① 孙犁：《风云初记》，北京：人民文学出版社，2002年，第40页。

人物参谋长的主要唱段"朔风吹","山河壮丽，万千气象，怎容忍虎去狼来再受创伤！党中央指引着前进方向，革命的烈焰势不可挡。解放军转战千里，肩负着人民的希望，要把红旗插遍祖国四方。"抒发了在国内大好形势下要完成剿匪任务，其威武之师志在必得的雄才胆略和豪迈激情。《红灯记》中李奶奶的重要唱词，"十七年风雨狂怕谈以往，怕的是你年幼小志不刚，几次要谈我口难张。我不哭看起来你爹此去难回返。奶奶我也难免被捕进牢房。眼见得革命的重担就落在了你肩上，说明了真情话，铁梅呀，你不要哭，莫悲伤，要挺得住，你要坚强，学你爹心红胆壮志如钢！"同样表现了一种英勇悲壮的革命豪情。

3. 稚嫩粗糙的缺陷

在 20 世纪 50—70 年代的文本中，语言文字的稚拙、有欠功力也是一个凸显的问题，公式化概念化的语言较为普遍，钟兴兵的《范晓牛和他的小伙伴》中，李小海和范晓牛的对话，"老师叫你，还是上课的事吗？""还有一道算术题我没有做。""就是那道'鸡兔同笼'的算术题吗？哎呀，我也没做，你做好啦？""怪里怪气的题目，我就不做！""王老师没批评你吧？""只要我做得对，我才不怕呐。""小牛，听说老师要退掉学农田吗？""他们要退，我们就要顶！""小牛，王老师是学校负责人，又是我们的老师，再顶，他可要发火啦。""我们是毛主席的'红卫兵',遇到错误的事情,就是要斗!"① 本该天真无邪的小学生们,在文本中的对话居然也完全以当时阶级斗争的口吻来写,这种硬性的要求掩盖了人物身上本该有的童心与可爱,给人一种生硬、刻板的印象。这一方面与当时的写作者自身的文化素养有关,另一方面,高扬的时代理想主义和乐观主义精神也使文字无法深入挖掘,只在理念层次徘徊的重要原因。

二、叙述手段

1. 由"苦难"出场到成长为"新人"典型的叙事模式

20世纪50—70年代文学虽然文本精神内涵上高扬青春的意志力、道德理想主义和革命乐观主义,但是在讲述故事的策略上,却体现出了作家们对于政党意志的过分依赖和对于个体青春意志的不信任,存在着文本内涵上丧失青春自信力的缺憾。举例来说,像《创业史》《红旗谱》《欧阳海之歌》等作品,作者在对新人、英雄人物的出场进行介绍时,往往是以旧社会最底层劳苦大众所遭遇的最不堪忍受的现实写起,比如《创业史》开篇梁生宝跟随母亲的逃难经历,生存的艰难和生活的无以为继从小就在梁生宝的心中烙下了苦难的印记。《欧阳海之歌》开篇第一章即写"风雪中",在这样一个具有强烈象征意义的自然和社会环境中,饥饿和灾难就像影子似的跟着欧阳海全家,讨米过

---

① 钟兴兵:《朝霞》丛刊,上海:上海人民出版社,1974年,第44页。

程中受到地主家孩子的欺辱使他产生了"饿死也不讨米"的决心，过年时候全家的饥饿、寒冷、凄凉等等苦不堪言的生存现状，使得欧阳海从小就积蓄了"苦大仇深"的心理状态。当共产党的"天兵天将"出现的时候，在党的带领下走向革命，成长成为社会主义新人就成了欧阳海的必由之路。因此小说第二章即写"阳光下"的生活经历，与开头的苦难经历形成强烈的对照，也许作家是为了下文突出"党"的力量的无限伟大以及新社会新政权对他们的拯救功能，但是从这样的考虑出发编辑的故事，却让读者感受到作者漠视了青春的生命意志和个体价值。从青春文化的角度上来看，事实上，这样的叙述手段使得青年的成长并非来自其自身内心的呼唤，而很大程度上是外力的拉动，因而造成了本文内涵上青春自信力的缺乏。这样，就青春文化的影响力而言，青春力量表面上在被意识形态引导的同时，实质上却遭到了压抑。

2. 文本中"家庭结构"的模糊与淡化

在文本的结构方式上，无论是主旋律创作还是作家的潜在写作，"家庭结构"的模糊与淡化是这一时期文学的一个明显特征。这当然与作家们对革命历史和未来民族想象的认同有关，但是如果我们站在一个生命个体的立场上来看，这一认同本质上却是作家人格的屈从和对自我的逃避。对创作主体来说，这种精神屈从体现为对某种为主流社会文化规范所张扬的理想人格的狂热追求和趋附，文本精神内涵上的意义与价值就具有了一定的虚构性和想象性质。林道静抛弃家庭，梁生宝、萧长春等把家庭放在事业之外，从他们的文化意义上来看，为集体献出了自己的青春力量也就实现了他们在家庭中的价值。革命历史题材的作品中无论是杨子荣还是许凤、李铁他们，革命的集体就是他们所在的家庭，自己所出生的家庭都被作家不自觉地模糊化了，与现代文学中的"家"文化不同，此时个体与家庭开始疏离，伦理情感也发生了明显变化。青年人本应在家庭与社会的双重影响下来实现自己由未成年到成年的蜕变，但是"50—70 年代文学"中的青年一出场就带有成年人的痕迹，他们受家庭的影响似乎都很小，即使在优越的家庭中长大的罗大方们，也好像对从阶级意义上定义的旧家庭具有天然的免疫力。个人的成长、成熟与家庭、社会都是息息相关的，"无根"的成长很容易走向偏颇，甚至发展到极端，《红灯记》中李玉和、李铁梅和李奶奶三人组成了无丝毫血缘关系的"革命家庭"，这也是"文革"期间"无家庭观念""无性"繁殖在样板戏中出现的文化渊源。在中国文化这样一个长期以家庭为社会基本单位，以"家文化"为社会主流伦理道德规范的文化语境内，作家们对家的概念的模糊，其深层精神指向上传达出的是对传统文化的远离。由此思考，在新的社会和文化氛围中，作家们所认同的伦理和文化只是想象中的民族共同体所应有的抽象本质。这种人物精神品质、家庭结构的形成与"现代中国"的同构关系，使得"50—70年代文学"中人的真实自我被放逐了，而理想化的自我却理所当然地成为社会的"主体"。

这就使文学在艺术的真实方面受到了损失，作家在创作过程中大多是理性的描述，故事和人物在书中自然呈现，理性思维压倒了作家作为创作主体本该有的感性经验、艺术感知，创作中主体的顿悟、直觉、潜意识及审美情感无法参与到具体的创作中，这样的创作活动就导致作家在完成对时代的宏大叙事中过滤掉许多历史的和文化的内涵，使文学在阐释历史与日常生活的能力上显得有些单薄。

第三节　从青春心态看 20 世纪 50—70 年代文学在当代文学史上的地位

关于 20 世纪 50—70 年代文学在当代文学史上的地位这一问题，随着时代话语的转变，研究者对其评价也发生了巨大的变化。由相对于现代文学的绝对优势，到后来的一概否定，再到目前较为理性的分析，对当代文学尤其是 20 世纪 50—70 年代文学的研究逐渐进入了学理层面，放在 20 世纪中国文学发展的链条中，返回当时的文学现场，寻找其为历史留下的宝贵资源以及存在的不足，对其作出相对公正的评价是现在研究者的共同目标。目前，学界较为权威的说法有：洪子诚认为，20 世纪 50—70 年代文学是"'五四'以后的新文学'一体化'趋向的全面实现"① 的过程。陈思和在对当代文学的研究中，发现了"50—70 年代文学"中的"潜在写作"现象，并引入民间理论对其进行文本细读。董健、丁帆、王彬彬主编的《中国当代文学史新稿》(修订本)中，把"人、社会和文学的现代化"确立为文学的基本价值判断标准。按照这样的标准，他们认为"'当代文学'这一文学时段，是'五四'启蒙精神与'五四'新文学传统从消解到复归、文

---

① 洪子诚：《中国当代文学史》，北京：北京大学出版社，1999 年，第 5 页。

学现代化进程从阻断到续接的一个文学时段。"① 他们认为"十七年文学"和"文革文学""既是以政治代替艺术的，也是以'民族情结'消弭了文学的现代性。"②

上述研究都采取了不同的文学史分期方式，以横截面的形式来对各个阶段的文学作出自成一家的独特描述。随着这种研究的推进，目前学界对钱理群、黄子平、陈平原提出的"20世纪中国文学"的观念产生了较大的认同。这一文学整体观的提出，试图打通以往的文学史分期，从现代性的角度来研究文学史，以新的视角寻求一个世纪文学在其生成过程中的关联与承接，使文学史的研究往前推进了一步。但是当我们从左翼文学传统出发，以青春文化心态为视角对20世纪50—70年代文学进行分析后发现，"20世纪中国文学"这一文学观是以"个体现代性"的标准来评价一个世纪的文学的，作家提出二十世纪中国文学大致有这样一些内容："走向'世界文学'的中国文学；以'改造民族灵魂'为总主题的文学；以'悲凉'为基本特征的现代美感特征；由文学语言结构表现出来的艺术思维的现代化进程；最后，由这一概念涉及的文学史研究的方法论问题。"③ 这一对20世纪

---

① ② 董健，丁帆，王彬彬：《中国当代文学史新稿》，北京：人民文学出版社，2005年，第11、14页。
③ 钱理群，黄子平，陈平原：《二十世纪中国文学三人谈·漫说文化》，北京：北京大学出版社，2004年，第12页。

文学的整体概括是准确的，但我们也不能不看到，由于研究的需要，其中也放弃了一些很重要的东西，比如 30 年代的左翼文学，以及由之发展而来的 50—70 年代文学所具有的精神价值和美学特征并未完全概括进去。

虽然近年来研究者有意地去寻找 20 世纪 50—70 年代文学与"五四"文学传统和新时期文学之间的连续性和共通性，力图打破文学史上的"二元对立"，但是我们不得不承认，在以"个体现代性"标准来评价一个世纪的文学的时候，也不可避免地在一定程度上遮蔽了 50—70 年代文学的一些精神价值和审美内涵。因为所谓现代性，不仅包括世界文化史上文学和思想家们对"个体"的发现，对"个体"价值的追寻，在中国这样一个努力建构现代民族国家，力图以国家的解放来达到民族的解放、人民的解放和自由的国度，国家的现代性也是我们在 20 世纪 50—70 年代共同追逐的目标。所以，20 世纪 50—70 年代文学中体现出来的个体为实现国家现代性而做出的努力以及在这一努力过程中表现出来的精神风貌也同样是现代性的体现，是具有丰富社会主义文化内涵的精神力量。因此，我们从这一角度来重新解读 50—70 年代文学，在文学史的评价板块中，把"个体现代性"和"国家现代性"放在同等的地位上去书写文学发展的轨迹，将是一种更加全面，更加科学的方式，也将会给 50—70 年代文学做出更加公平的评价。关于这一问题，张志忠教授也曾谈到过，"我们没有任何理由，因为后来遭受过的严重挫折而怀疑和抹杀追求现代民族共同体的建立的伟大斗争历史，抹杀表现和歌颂这一历史进程中的热情和幻想、英雄气概和壮烈情怀，塑造想象的共同体的'十七年'文学的重要成就，更不应该简单否定其所具有的现代性内涵。"①

　　20世纪50—70年代文学的现代性内涵是伴随着作品中具有社会主义品格的"新人"的成长和"现代民族国家"的建构而形成的。建国后，中华民族的青春时代唤起了作家们灵魂深处的道德理想，乐观主义的精神风貌和理想主义的青春激情成为文学潜在的文化因子为作家和读者所认同。从空前扩大的文学生产与消费的规模可以看出，这一时期的文学具有某种极具凝聚力和感染力的特质，写出了某种具有永恒价值的东西，尤其是五十年代，理想是非常时髦的概念，整个社会形成了立志追求高尚境界而摆脱低级趣味的群体意识，在这样的文化生态中，对"革命英雄"和"社会主义新人"的塑造就成为文学的主旋律，一方面处于成长期的"现代中国"从历史中得以确认自身，另一方面，作家们在沸腾的生活中也勾勒了"现在"，想象了"未来"。"作为文学史画廊新添的人物形象，他们的故事向读者展开的世

---

① 张志忠:《现代民族共同体的想象与认同——论"十七年"文学的现代性品格》,《文史哲》2006年第1期。

界也正是前所未有的。这好似一个力求通过不断变革，实现人人平等的世界，是一个从贫穷走向共同富裕的世界，是人们有着自己的确定目标并坚毅地为实现这种崇高目标而奋斗的世界。"①

从文学史的角度来看，50—70 年代"新人"在文学与历史中的成长在一定程度上延续了五四"立人"的主题，揭示了一代青年的精神成长史。从"五四"以来鲁迅对国民劣根性的批判开始，用文学的力量唤醒国民麻木的灵魂，塑造新的国民性格就成为了文学自觉维护的使命。"鲁迅的核心思想是'立人'，但在实际上包含着相辅相成的两方面的具体内容，即一方面，他正面召唤人的自主意识的觉醒和解放，另一方面就要扎扎实实地进行'国民性的改造'"②鲁迅提出"立人"的目的在于使"沙聚之邦，转成人国"，20 世纪 50—70 年代文学中"新人"谱系的出现，形成了新的国民性格。

由新的国民性格抽象出的国家本质在深层的文化意义上就造成了一种民族认同的氛围，文学的意识形态功能得到了最大限度的体现。正如有学者指出的，"民族主义作为意识形态可以通过对其成员提供一种民族认同的氛围，使他们在自己的切身感受中，产生对自己民族的'自豪感'、'归属感'、'使命感'。这些'认同感'、'使命感'、

① 张炜：《社会发展与中国文学》，北京：学习出版社，2000 年，第 78 页。
② 郭运恒：《鲁迅国民性思想的发展轨迹》，《中山大学学报论丛》2006 年第 3 期。

'自豪感'、'归属感'的形成，就像一种极强的黏合剂，使每个民族成员在潜意识中形成一种强烈的向心力，使各个方面、各个层次的人都团结在民族主义的气质周围，将自己的命运与民族共同体的命运紧密联系在一起，并把对群体共同体的忠诚视为一种崇高和神圣，在内心深处产生一种与民族群体同甘苦、共命运的强烈的感情"。① 这种文化氛围正是社会主义文化本质的体现。

综上，对于 20 世纪 50—70 年代文学的价值与不足我们要辩证地来看。不可否认，在精神价值上，当时的主流文学确实伴随着一代人度过了激情燃烧的岁月，拿当时《红岩》《青春之歌》《欧阳海之歌》等作品的销量来说，销售数额都是史无前例的，读者的普遍接受，使文本中的精神内涵得到了最大限度的认同和传播。即便是几十年之后，我们依然能够感觉到它们带给一代代人的吸引和震撼。"1991 年底，在毛泽东诞辰 98 周年之际，中国唱片社华东分社只做了《红太阳——毛泽东颂歌》盒式磁带并投放市场，在社会上引起了轰动性的效应。据《上海文化艺术报》报道，当营业员将《红太阳》插入录音机播放，歌声响起时，过往的行人均为那熟悉的曲调所吸引，人们驻足兴奋而惊讶，争相从四面八方涌向柜台，最畅销时，一小时可以销

---

① 贾英健:《全球化背景下的民族国家研究》，北京：中国社会科学出版社，2005 年，第 223—224 页。

售百余盒。"① 同样 1996 年金秋出现的红色经典也是如此，当时现代芭蕾舞剧《白毛女》、《红色娘子军》，大型声乐史诗作品《长征组歌》等之所以能风靡京城，也是源于其独特的时代精神和经过千锤百炼之后艺术的完美。之所以会出现这样的盛况，除了市场运作的原因外，恐怕更重要的在于歌曲中蕴含的真诚的感情和艺术上的炉火纯青，不仅仅让伴随着它长大的一代人再度感动，而且也在此感动了下一代人。因此红色经典在精神内涵上给人们带来的情感支撑是其他任何时期的文学作品都无法比拟的。

但同时，我们也应该看到在这种左翼激进青春文化的影响下，文学也受到了负面的影响，造成其可能的空间受到了压抑。从作家创作的立场来看，一个个"新人"的塑造，其实也是作家对"自我"的寻找过程，在新生的政权体制与文艺环境中为自己确立一个合法地位的过程。"想国家之所想，急国家之所急"的创作姿态和强烈的社会身份意识一方面符合了时代的需求，另一方面也限制了作家的思维方式、情感立场以及观察事物的角度和视野，使这一时期的文学呈现出某种"文学性"的缺失。也就是说，国家在利用文学为意识形态服务的过程中，其实作家也在通过文学确立自身的"同一性"，文学在这

---

① 孟繁华：《众神狂欢：当代中国的文化冲突问题》，北京：今日中国出版社，1997 年，第 83 页。

种双重的被利用中越来越偏离了文学的轨道而呈现出了单一的局面。因为在新政权的诞生中，当一部分作家、知识分子由于参与了新中国的缔造过程，在新的政权模式中自然而然享有了一定的权力，但这种权力带来的结果却是双向的，因为文人的思想和创造一旦与权力相结合，就在一定程度上丧失了其独立性和先锋性。新中国成立后像胡风这样坚守"左翼韧性战斗精神"，坚守以真正的文艺来为党服务的作家之所以遭到了这样不幸、悲惨的命运一方面在于文化形态和文化力量发展的不成熟，另一方面在于现代性追求中的激进心理使文学带有了更多的世俗功利色彩。文化发展的不成熟使得文学已无立身之地，在政治的强大气流中日渐微弱。由此就使得文学产生了精神的危机，丧失了应有的对现实的反思精神，文学的艺术想象力与审美超越性消解，在政治与意识形态中不得不消隐与沉沦，这也是新时期提倡"纯文学"，提倡"文学回到自身"的直接动因。

附 录

一、新世纪以来中国大陆青春电影的多元走向及文化缺失

青年是电影艺术的创作主体和消费主体，随着社会对青年群体的日渐重视，"青春电影"也成为研究者关注的热门话题。何为"青春电影"？陈墨从中国传统文化角度出发，以"人"的发现和"个体青年"的发现为视角认为"直到 80 年代初期，中国的青年题材电影才出现了一些新的气象，这在某种意义上可说是中国青年电影的真正起点"。① 虽然，每个时代有每个时代的青年，他们的生命体验也都会在所处时代的电影艺术中得以体现，放在百年中国电影史中，这一界定

---

① 陈墨：《当代中国青年电影发展初探》，《当代电影》2006 年第 3 期。

略显偏颇，但是作为大陆"青春电影"研究的起点，陈默在"人"的现代性意义上发现并梳理 20 世纪 80 年代以来中国大陆青年电影，颇具开拓性价值。陈宇认为，并不是电影里写了年轻人就是"青春电影"，"青春电影"有一个明确关注的主题，就是成长。影片描述的是青年人在逐渐身心成熟，要进入社会之际，他与社会之间进行认知和协调的过程。对社会和对自我的认知导致他如何进入这个社会，描述这一段时间他的认知的电影，就叫"青春电影"。① 他是从"青春电影"的成长母题角度来定义"青春电影"的。戴锦华把"青春电影"称做"青春片"，在她看来，"所谓'青春片'的基本特征，在于表达了青春的痛苦和其中的诸多的尴尬和匮乏、挫败和伤痛。可谓是对'无限美好的青春'的神话的颠覆。"② 她突出了青春的残酷色调和主题。以上是目前学界对"青春电影"的研究比较权威的观点，学者们从自身的研究视野给我们提供了可供参照的宝贵资源，也让我们在"青春电影"的研究领域看到了可供努力的空间。

的确，"青春"这一概念，内涵较为丰富，外延也相对模糊，它可以指生命的某一个阶段，一种生理和心理特征，也可以是一种社

---

① 宜文、孙婧：《探讨与互动——"日本青春电影国际研讨会"综述》，《当代电影》2012 年第 6 期。
② 锦华：《电影批评》，北京：北京大学出版社，2004 年，第 163 页。

会意义上的现象表征，或者某一文化作为一种生命肌体在其发展中的存在形态。本文所指的"青春电影"就是指以青年个体成长过程中从"幼者"向"成人"过渡状态的生活为题材，创作母题上既包括上述研究者所说的"青春成长""青春残酷"，我们也希望将之延伸到一切与青春有关的生理、心理、社会和文化方面，比如情绪上的矛盾性，心理意义上的自我寻找和认同危机，社会地位上的边缘向中心的追逐，文化上的青年亚文化性等所有这些表现主人公的青春体验、成长烦恼、生命狂欢、情绪情感、价值认同的影片，我们皆称之为"青春电影"。在创作主体上，可以是青年导演也可以是经过岁月磨砺体会到青春密码与真谛的非青年导演。本文就是在这样的前提下来探讨新世纪以来中国大陆"青春电影"的多元走向及文化式微现象。新世纪是中国大陆"青春电影"的一个新阶段，呈现出更加繁荣也更加复杂的发展局面。主要表现为第六代导演由地下转入地上，能够调动更多的电影资源进行创作，一批更年轻的导演的出现以及顾长卫、徐静蕾等其他领域的电影人的加入，为"青春电影"的表达注入了新的活力。此外，投资主体的多元化使中小成本制作的"青春电影"数量更多。网络传媒的迅猛发展也助推了《老男孩》《青春期》等青春微电影迅速走红，这些因素都使得新世纪以来中国大陆的"青春电影"呈现出丰富多元的发展趋向。

（一）回望与反思：历史语境下的成长阵痛

进入新世纪以后，第六代导演大多已人到中年，回望与反思成了他们不约而同的创作态度。他们的故事多是回顾式的，带有一定的自叙传意味。比如王小帅的《十七岁的单车》、贾樟柯的《站台》等，童年的视野、青春的成长，总能赢得观众对坚硬现实中的纯真童心和成长烦恼的深挚同情，导演通过这样一种夹杂着缅怀、伤感和解构意味的叙事方式，让观影者回忆起曾经的青春与坚持。

《十七岁的单车》中外来务工人员小贵一直保持着隐忍的蜷缩的姿态，默默接受城市给他的伤痕，城市居民小坚，作为一名蜗居在城市一隅的青年，拥有一辆单车成了他的青春梦想，但当因从偷车贼手中买了小贵送快递的单车而被小贵用砖头狠狠拍下的时候，青春的梦想散落一地，影片中微微摇晃的纪实镜头的大量使用提醒着观众青春的残酷。《青红》回忆发生在20世纪80年代初期的故事，讲述两代人的精神突围与青春救赎，父亲想要拯救的是自己被荒废的青春，青红想要救赎的是自己的初恋，在父母的巨大矛盾冲突中，悲剧萌生了，粗暴的恋人小根不顾一切地占有了19岁的青红。为救赎而愈沉沦，成长的阵痛使得青红成为那个时代的牺牲品。《我11》（2012）王小帅以自己的童年经历展开了对于那个看似遥远的1970年代的追溯，11岁那年，大家一起做广播体操，为了新衣服而被妈妈责骂，和伙伴一起在河水边嬉戏等童年往事，这不仅是王小帅的 11 岁，经历过那个时代的人都有体验的 11 岁，直到有一天光阴突然撞上了"成人"这堵墙，片中的王憨在无意间窥视了成人世界里的性事、杀戮和纠葛之后，对长大成人的幻想瞬间散落一地，童年瞬间被拔苗助长起来，既青春又残酷。

"贾樟柯的《站台》和《任逍遥》，继续着他青春生命的酸涩旅程。"①《站台》是贾樟柯的一段个人成长回忆录，以灰色为主调，用深沉缓慢的镜头对准了一群最容易被忽视的青年，汾阳县文工团的崔明亮、张军、尹瑞娟等人，这是一群"在路上"的青年，贾樟柯采用历史反思的创作态度，用充满深情的眼光注视他们，让一种历史的背景在影片里发挥着命运的力量。尽管青春酸涩，成长艰辛，但是贾樟柯在影片中却从人文的视角呼唤了青春的被尊重。《任逍遥》则提供了一幅小城市年轻人的画图，面对变革，他们的不适应和迷茫终于使他们走上了犯罪道路。"②片中的主人公小济和斌斌是"混社会的"，而女主角巧巧则是个野模。他们都是那种过了今天不知道明天该干什么的人。青春荷尔蒙作用下的躁动、兴奋和非理性让他们经受了成长的阵痛，付出了青春的代价。

① 陈墨：《当代中国青年电影发展初探》，《当代电影》2006 年第 3 期。
② 周星：《中国电影艺术发展史教程》，北京：北京师范大学出版社，2005 年，第 273 页。

来自摄影领域的导演顾长卫的处女作《孔雀》讲述了生活在 20 世纪七八十年代北方小城市安阳的一个家庭中三个青年人的青春煎熬与磨难。大哥高卫国患有脑疾，常遭人欺负；弟弟高卫强沉默寡言，是影片的叙事者；姐姐即女主人公高卫红耽于幻想，在想象中以各种方式逃离现状，憧憬当伞兵来实现内心深处对飞翔的渴望。可是当理想幻灭、神经抽搐、精神萎靡，以至日子平淡、尘埃落定的时候，青春的隐痛和不安便时时触动着观众的神经，因为对经历过那个年代的人来说，观看别人同时也是在观看自己。2010 年深秋，筷子兄弟的大作《老男孩》一夜之间在互联网迅速流传，感动了来自"60 后"至"90 后"的各年龄层观众，因为从中观众能找到自己关于时光的记忆，关于青春的记忆，主人公肖大宝和王小帅两个痴迷迈克尔·杰克逊十几年的平凡"老男孩"在岁月的打磨下重新登台找回梦想，但就像预期中的那样，他们最后还是被淘汰了。青春的梦想依然只能停留在成长的路上，现实依旧残酷，在这光与影之间，很多人找到了自己的影子，为此流下了对青春唏嘘的泪水。

（二）坚守与蜕变：社会转型中的情感述说

新千年以来，我国社会依然处于转型期，伴随因经济转型而来的思想观念、文化形态、价值取向的转变，青年群体的情感追求也发生了相应的变化，在传统与现代的转型中，情感的坚守与蜕变在"青春电影"中以不同的方式得以体现。

　　《山楂树之恋》中地主的后代，成分不好的静秋和一群学生去西坪村体验生活，住在队长家，认识了老三。老三很喜欢静秋，甘愿为静秋做任何事情。有人说这是张艺谋在缅怀知青时期的纯净爱情，其实在对爱情的探讨上，我觉得导演把故事放在那样一个时代，通过老三和静秋树枝牵手、跳河相见、一件衣服两人穿、作拥抱状隔河告别、病床诀别等感人又略感可笑的相处方式，也是在探讨"文革"时代爱情的存在样态。就如《庐山恋》的惊天一吻带给观众和社会的触动一样，《山楂树之恋》其实也暗示了老三和静秋其实并不知道何为爱情的全部。《茉莉花开》反映了一家三代女性的爱情与婚姻，发生在20世纪30年代、20世纪50年代和20世纪80年代。"茉"和"莉"因为生活在旧时代里，最终没有逃脱出命运安排的陷阱，爱情来的时候是渴望、追求、执著，缘分灰飞烟灭，是无奈、绝望、失败，像宗教般对爱情殉道式的固执占有，使她们失去了所爱的人。到"花"这一代，才学会自己想要的，她驱逐了自私、薄情的男人，独力迎来生孩子的时刻，雨中的那一刻痛苦与温暖同时激起大汗淋漓，但是因固执守护爱而缺少爱的女性悲剧又在延续。

　　《一封陌生女人的来信》故事始自18年前，她初遇男人时，两人有短暂的结合，而后她经历了少女的痴迷、青春的激情，甚而流落风尘，但未曾改变对男人的爱，直至临死前才决定告白。影片采用女性的叙事视角，虽然女人一生历尽磨难，她只是爱上了爱情本身，想要证明爱情，但是影片的末尾，"在女人的来信中，一个老男人处于昏暗的灯光下怅然若失。在这场爱情中，他始终是个失败者，甚至连记忆都不曾拥有，女人却拥有爱情的全部。"① 正如导演徐静蕾宣称的"我爱你，与你无关"，在爱情中彰显出新时代女性所追求的独立和自由，可以说这是新世纪东方女性坚持和实现自我的个性宣言。

《将爱情进行到底》导演坦诚而现实地探讨了爱情归宿的多种可能性，第一个故事：文慧和杨铮在外人看来幸福地生活在一起，但在日复一日的生活中失去激情变得貌合神离，杨铮离家出走希望妻子满世界找他，结果遗憾收场就是最好的证明。第二个故事：文慧、杨铮分别为人妻为人夫，但在残酷的生活压力下，他们各自的婚姻都充满危机并且破裂，二人在同学聚会上再次相遇本以为可以再续前缘，一时的激情却强过了等待了 12 年的爱情。第三个故事：杨铮痴痴等待寻找下落不明的文慧，文慧却早已结婚生子，当他们再次相遇杨铮要求文慧跟他远走高飞却发现了文慧对老公的不舍，最后只有独自黯然离去。正值青春的男女，每个人都希望守护心中的爱情，但是现实的

---

① 周夏：《人格·身体·存在——中国当代女导演电影分析 (1978—2012)》，《当代电影》2013 年第 1 期。

日常生活却让纯美的爱情只能蜗居在内心的某个角落，面对现实，蜕变是必然的结局。

　　"中国青年电影经历了由青年群体到青年个体，由理性关怀到情感体贴再到非理性冲动，由他人陈述到个人表达，由常态的青春体验到异态的青春信息这样一个分阶段的逐次深入的发展历程。"① 在情感的言说上，也是如此。《十三棵泡桐》和《青春期》系列让我们无奈而又不得不触碰社会转型期青年因价值观念转变而产生的情感蜕变。"泡桐中学"遭人白眼的"问题学生"何风与强悍的陶陶和后来转学而来的魁梧而粗野的包京生的感情充满了青春期的欢乐与疼痛。她追求风一样的自由感觉，但是现实却向她的吉祥物刀子一样，把感情染成了深色。《青春期》中父母离异，正值青春期的"90后"程小雨不相信亲情，更不相信爱情，她常常出入游戏场所、酒店、迪厅，和一群非主流姐妹、富二代鬼混。抽烟、酗酒、逃课、打架、泡夜店，把年轻时能做的坏事基本都做了，直到王小菲的出现。生性胆怯的王小菲被程小雨深深吸引，见面就送千纸鹤，时时关心她，用自己脆弱的身体和尊严一次次挡在危险前面，并最终用身残的代价验证了"90后"青春和爱情的价值，触动了程小雨冰封的心。这些异化的青春，蜕变的爱情，无疑是导演对社会转型期爱情存在样态的多元化表达方

---

① 陈墨：《当代中国青年电影发展初探》，《当代电影》2006年第3期。

式之一。

（三）流行与先锋：消费文化中的时尚表达

"消费改变生活"已经成为当下青年人普遍认同的一种生存方式。新世纪以来，随着市场经济的发展和消费文化的兴起，中国青年亚文化对主流文化的对抗性慢慢减弱，"这些大众文化类型致力于世俗梦想的表达，是一种开放的文化游戏和文化消费，在很大程度上，形而上的关怀变成了'性'而上、娱乐游戏至上、消费至上"，[①]"青春电影"中呈现出更多的符合流行文化的青春时尚因素。导演们把故事的发生地点放在大都市，镜头对准生活与其中的青年男女，他们的情感消费生活、小资情调、娱乐精神、时尚追求等越来越吸引处于幻想和做梦年纪的青年观影群体。

《独自等待》中青年演员夏雨、李冰冰、龚蓓苾帅男靓女的演员组合幽默和诙谐的人物对白，酒吧、迪厅场景与文化的展示吸引了不少青年观众的眼。《中国银幕》杂志评价说："看《独自等待》，绝对是一种享受。这种享受就好比是在酷暑里看到一个打扮清爽的美女，舒服、养眼而又满心欢喜。"《杜拉拉升职记》本身就是"青春电影"商业运作的成功典范。全球 500 强企业 DB 豪华的办公楼，严密的组织结构，清晰明确的报告线，霓裳幻影般的职场达人，强势雷厉的职

---

① 　陈旭光：《当代中国影视文化研究》，北京：北京大学出版社，2004 年，第 20 页。

业经理人，优秀的企业文化等，DB 所呈现的一切不仅是外企大公司的万千气象，更是一种类似上流社会的浮华与诱惑，满足青年人对理想生活形态的想象。同时，不断变换的白领时装秀以青春亮丽刺激观众，符合青年人的审美和观感需求。

《庐山恋 2010》30 年后再写续篇，故事发生在经济社会发展日新月异的南京，导演一改过去影视剧中南京作为历史文化古都的一面，选景、摄影都勾勒了一个年轻、阳光、现代、时尚的南京城，奔驰轿车、美轮美奂的庐山景致、繁华的立交桥在摄影师充满质感的画面中流露出时尚现代的文化气息。女主角耿菲尔时尚美丽，母亲是商界的成功人士，男主角马缰年轻帅气，追求"闪电"一样的瞬间美感，喜欢摄影，过着"驴友"的生活，自己的乐队被他命名为"闪电"，旅行、摄影、乐队、崇尚自由这些跟青春文化有关的元素在他身上展现无遗。

《失恋 33 天》除了给观众提供时尚现代的都市感以外，个性鲜明的人物和幽默诙谐的台词是最大的亮点，一时成为时下流行语。比如"现在的小男孩们，情义千斤，不敌胸脯四两！这就是一个喜新厌旧的物种，你丫寻死觅活的，对得起自己么？""买台电冰箱，保修期三年，你嫁了个人还能保证他一辈子不出问题呀，出了问题就修嘛。""有的人有 A 面有 B 面，有的人有 S 面有 B 面，你不能只看到我们 SB 的那一面。"这些无不显示了青年流行文化中的时尚与先锋气质。

（四）艺术与商业：票房成败论中的文化缺失

电影从诞生之初就是作为一种科技发明和工业生产而问世的，在梅里爱等电影先驱发现它可以作为艺术来反映生活、表达情感之后，艺术与商业的缠绵与纠葛就在电影艺术中久久扎根。

其一表现在目前国内电影市场的评价体系上。新世纪以来，随着国内市场环境的丰富和大众商品意识的发达，社会对电影的关注度最高的一个词便是"票房"。"青春电影"也不例外，业内人士可以清晰地看到，以票房价值评判电影价值的衡量标准很大程度上抹杀了电影的艺术价值，这样的市场导向必然会对电影制作人产生艺术负能量。他们会花费更多时间和精力去迎合观众口味和市场潮流，从而把文化更多地变为了一种消费而偏离了其精神内核，"青春电影"的文化价值和社会意义也在这种商业制作中趋于解构。因此，如何培育健康的电影制作和消费环境，在影片中寻找艺术与商业的平衡，实现"票房"价值论向"艺术"价值论的回归，弥补当下"青春电影"中的文化缺失现象是我们关注和需要解决的问题。

其二体现在"青春电影"的艺术表达上。随着青年群体在社会中的地位逐渐突显，青年文化也日益丰富和发展。如何使影片更加贴近青年，反映青年人的思想、情感和心声，新世纪以来导演们一直在努力，我们看到，在关注对象上，青春影像的视角更为下沉，边缘与草根成了镜头追逐的一个焦点。《站台》《任逍遥》关注了县城生活的底层青年群体，《老男孩》《80后》在社会大背景下关注了普通青年，《十三棵泡桐》《青春期》系列关注了"问题学生"。正如贾樟柯所说："我想用电影去关心普通人，首先要尊重世俗生活。在缓慢的时光流程中，感觉每个平淡的生命的喜悦或沉重。'生活就像一条宁静的长河'，让我们好好体会吧。"[①]青年观众需要的是这样的坦率和贴切，但是这也是一个"在路上"的艺术工程，在视角下沉的同时，叙述即讲什么故事和如何讲故事，怎样以青年的心理逻辑来安排故事结构，而不仅仅是简单地让情节来主导结构，从而使影片实现艺术的真实和情感的真实还需要观众和电影工作者一同努力。

其三体现在大陆"青春电影"如何实现从边缘身份向"类型电影"的跨越上。在美国、日本甚至包括泰国等地区，"青春电影"已经发展成为一种成熟的电影类型，有稳定的观影群体。随着目前大陆"青春电影"数量的逐年增多，有人说，"青春电影"是当下电影创作中一个非常重要的类型影片，从类型电影的定义看，当下大陆"青春电影"并不是一个严格的电影类型，它却作为一种电影现象或电影样

---

① 程青松、黄欧：《我的摄影机不撒谎》，北京：中国友谊出版公司，2002年，第368页。

式在电影作品中广泛存在，具有探讨和研究的价值。类型的社会功能之一便是"以触及深层社会不确定的价值来激发观众情绪，但也将此情绪导引到可接受的情绪"。"类型很快地就会反映出流行的社会价值。"① 因此，大陆导演也应该树立类型意识，从而促进大陆"青春电影"的影像风格、文化内涵、社会影响、市场份额都能够较快取得突破和持续发展。

新世纪以来大陆出产的"青春电影"数量固然不少，但以这十年为一个阶段来考察中国大陆"青春电影"现象，并不完全是出于自然时间上的考虑。很显然，包括"青春电影"在内的中国大陆电影，它的复杂性并不是一个简单的自然时间概念所能够涵盖的。无论是题材选择上的青年文化性、影像风格的都市时尚感、叙述视角上的边缘与草根还是票房价值决定论中的文化缺失都是新世纪"青春电影"的独有特征。电影是用影像和情感力量内化于人心，从而丰盈心灵、圆润生活、促进成长的艺术。"青春电影"不仅是一种文化消费，也是一种有价值的青春影像记忆，它承载着"70后""80后""90后"与青春有关的记忆和期待，因而，从艺术本质的角度来讲，青春该如何存在，如何把一个特定的内容和题材演绎成为一部可以跨越民族、地域

---

① ［美］大卫·波德维尔、克里斯汀·汤姆森著，曾伟祯译：《电影艺术：形势与风格》，北京：世界图书出版公司，2008年，第383页。

和文化的作品，怎样用影像的方式把与青春有关的命题创作好，是大陆"青春电影"创作者努力的动力和方向。

二、近年来中国大陆"青春电影"的类型化趋势探究

类型电影是指按照不同类型的规定要求制作出来的影片，其风格、主题、结构，甚至角色形态上表现出类似的趣味。作为一种拍片方法，类型电影实质上是一种艺术产品标准化的规范。世界"青春电影"的类型地图上，美国、日本、韩国、泰国等国家的"青春电影"起步相对较早，发展也日趋成熟。而中国大陆由于社会和历史的原因，"青春"在电影中一度处于缺席的状态，直至"文革"结束后青年人、青春的话题才开始在摄影机下崭露头角。但是以《青春万岁》《青春祭》等为代表的中国大陆第一批"青春电影"，虽然在人物角色和题材上是青春影像的展示，但内核上书写的还是集体主义观念下的自我反省和时代反思，缺失了青春本该有的精神向度。直到新千年前后，第六代导演王小帅的《十七岁的单车》《青红》，贾樟柯的《小武》《站台》《任逍遥》等的出现，才使中国大陆"青春电影"真正以"青春"的名义出现在电影镜头下。当然，第六代导演特殊的成长经历使得他们的青春叙事带着浓重的自叙传色彩，以此来记录他们那一代人成长历程中的青春阵痛和"残酷物语"，因而这些青春电影的

类型化特征也不明显。直到 2010 年前后，随着筷子兄弟创作的青春微电影《老男孩》在大陆掀起的青春怀旧潮，中国大陆青年文化的兴起和大批年轻导演的出现，中小成本的青春类型电影成为不少导演的首要选择。《失恋 33 天》《致我们终将逝去的青春》《中国合伙人》《小时代》系列，《青春派》《全城高考》《101 次求婚》《初恋未满》……一系列青春电影的密集上映以及部分作品划时代的票房成绩无不彰显着中国大陆"青春电影"的类型化策略和趋势。

（一）角色·气质·形象：近年来大陆"青春电影"人物设计的类型化特征

在"青春电影"的人物塑造方面，导演们首先探索出了类型化的出路，主要表现在：

1. 明星化的角色阵容

明星制度是类型电影发展过程中市场化的产物，虽然相比其他类型电影而言，"青春电影"的人物并非一定要请明星出演，但是纵观近几年的国产"青春电影"，偶像明星的使用确实是"青春电影"实现票房突破的原因之一。《失恋 33 天》中文章、白百何的贫嘴小清新，《中国合伙人》中黄晓明、邓超、佟大为的出色演技，《致我们终将逝去的青春》中赵又廷、韩庚的青年偶像特质，《小时代》中杨幂、郭采洁的粉丝人气，《101 次求婚》中票房大咖林志玲、黄渤的出演，都为这些影片成为票房黑马做出了突出贡献。

2. 时代感的人物气质

《青春派》的主角高三学生居然，面目清秀，不是传统的强壮阳刚型男生，但也并不孱弱，骨子里有一股倔强和坚持，符合当下青年文化中男青年的气质类型，也与青少年观影群体的审美期待相吻合。他一出场就是失恋、高考落榜，这种低起点也是类型电影人物设置的特点之一。《致我们终将逝去的青春》中郑微敢爱敢恨，勇敢泼辣坚强，霸道任性但又不失坦诚与可爱，遇到自己喜欢的男生就疯狂去追，传统女生的羞涩在她身上荡然无存，新时代"女汉子"的特质被她演绎得淋漓尽致。《全城高考》中秦鹏在网络时代迸发出来的文学创造天赋、独立思考和桀骜不驯的特征都带有时代印记，他的行为向观众诠释着人生有无数通往成功的可能，并不是只有挤过高考的独木桥才能看到彼岸的风景，这些角色的性格特征都是新世纪的青年们才有的。

3. 风格化的人物形象

《失恋33天》中的王小贱，原名王一扬，看上去很娘炮，说话嗲声嗲气、不停地涂抹唇膏，似乎有些性取向不明，但又在该爷们的时候绝对够爷们，机智地帮助女主角黄小仙报复出轨的前男友，并最终和黄小仙开始了一对欢喜冤家的恋爱历程。《青春派》中的李飞，同学们眼中不折不扣的"娘炮"，懂很多感情知识。成人礼上特立独行的女装打扮，舞技一流，最后成功考上北京电影学院。从观众对这些人物的喜欢和认可程度，可以看出"像飞飞这种人物，伪娘定位虽然有一定的风险，但这种风格化的人物，恰恰是类型片中不可或缺的一种惯例。他们不仅承担着制造喜剧和叙事功能，而且也承担着影片与当下社会的联系功能。"①

尽管近年来大陆"青春电影"的人物角色在电影产业的催促下呈现出了类型化的趋势，但是由于"青春电影"人物刻画艺术手法上的单一，也使其只能处在浅层次的市场开拓和探索阶段。针对影片中青年角色从成长到成熟过程的生硬转变，大多影片只能以简单的脸谱手法加以表现，以致影片中人物性格概念化、抽象化的问题急需电影创作者在实践中解决。

（二）爱情·奋斗·梦想：近年来大陆"青春电影"主题的类型化建构

近年来大陆"青春电影"主题的建构主要呈现为青春与爱情的交响、青春与奋斗的赞歌、青春与梦想的遥想等类型化特征。

1. 青春与爱情的交响

近年来的"青春电影"对爱情的描摹多为青涩的初恋、暗恋，刻

---

① 刘杰，胡克，皇甫宜川，吴冠平：《〈青春派〉四人谈》，《当代电影》2013 年第 8 期。

骨铭心的校园爱情以及青年人初入社会的都市恋情。《青春派》将暗恋、早恋这样的青春情愫演绎得清澈、纯洁而又清新、动人。居然在高考前拍毕业照时，当着全校师生的面，大声地用泰戈尔的诗向暗恋了三年的黄晶晶表白，收获了甜蜜的初恋。但在家长的干涉下，不久便失恋加受伤的他高考失利，开始了复读生涯。《初恋未满》中清丽班花董啾啾和忧郁校草夏静寒在新学期开学的偶然相遇中彼此有了好感，可是家庭的变故以及特殊的生存境遇对面临高考的他们来说初恋只能是不能说的秘密和不能触碰的禁忌，经历了高三的懵懂、叛逆，十八岁的青春马上就要告一段落，最后董啾啾在庆祝香港回归的欢闹人群中听着夏静寒唱给她的歌，痛哭流涕。他们的青春和爱情就这样在喧闹中结束了，初恋未满，还没来得及细细品尝一下爱情的滋味就匆匆收场。《致我们终将逝去的青春》中，郑微一次偶然的误会与陈孝正结为死敌，在一次次地反击中，郑微发现自己爱上了这个表面冷酷、内心善良的高材生，于是开始了死缠烂打式的女追男，最终欢喜冤家成为甜蜜恋人。然而毕业之际陈孝正迫于家庭压力放弃郑微选择出国留学，爱情的美好与感伤只能定格在日后用来回忆的青春岁月中。爱情主题几乎在每一部"青春电影"中都得到了彰显，对于目前的大陆"青春电影"来说，爱情主题是导演们类型意识最清晰的部分，初恋的萌动、暗恋的苦涩、失恋的痛苦、走出感情伤痛后的坚强，在这些主题中人物角色更加丰满，观众也从中品味、回忆了青春的美好。

2. 青春与奋斗的赞歌

习近平总书记在同各界优秀青年代表座谈时谈到"现在，青春是用来奋斗的；将来，青春是用来回忆的"。对于风华正茂的青年来说，奋斗是青春的主旋律。

《全城高考》以高考的拼搏进取为背景，展现了学生校园生活的活力与激情。健壮朴实的学习委员贺帆，坚信苦读能改变自己和家庭的命运；文学天才秦鹏，阳光自信却不拘小节；健美任性的天之骄女任雪，怀揣弘扬中国文化理想，他们在班主任范义本的带领下，用青春的坚持和执着书写着奋斗的激情。《中国合伙人》描述了 80 年代的青年为了梦想奋力拼搏的青春励志故事，出身贫寒的成东青高考落榜后，家里借遍了全村人的钱才给了他再一次复读考大学的机会，他通过坚毅的努力考上了著名的燕京大学。大学期间为了向自己的精神导师孟晓俊看齐，他每天晚上潜入图书馆，立志要读完 800 本书，办英语补习班时，为了扩大影响，他四处贴小广告，甚至把大学期间王阳教他泡妞的方法都用在了推销补习班上，最终通过不懈奋斗和努力创办了新梦想学校，成为亿万学生眼中的"留学教父"。这种奋斗与坚持正是青春的魅力所在，也是大陆"青春电影"在类型化发展探索过程中应该努力挖掘的影像内容。

3. 青春与梦想的遥想

近几年中国大陆"青春电影"较之新千年前后第六代导演长镜头纪实风格下的怀旧、感伤情绪，多了些许清新与明快，绽放青春，追逐梦想成为"青春电影"的主题之一。梦想是激励人们发奋前行的精神动力，在这样一个机遇与挑战并存的时代，电影创作者也在用他们的影像构筑着一代人眼中的青春梦、中国梦。《老男孩之猛龙过江》在浓厚的喜剧氛围下，讲述了两个怀揣梦想的大叔孤注一掷跨国寻梦的冒险历程。片中郁郁不得志的"筷子兄弟"将迎来事业的"第二春"，在大洋彼岸上演了一系列爆笑励志闹剧。《中国合伙人》以中国30多年的大变革为背景，讲述了生活于80年代的成东青、王阳、孟晓俊三个小人物追逐美国梦失败后一起创业，最终实现"中国式梦想"的故事。片中三位男主角，一个海归、一个文艺、一个土鳖，虽然出身不同，个人追求也不完全相同，但都有一个共同的梦想就是改变命运。出身贫寒的成东青在被美国签证拒之门外后，凭着甘为人下的谦卑态度、百折不挠的进取精神、灵活机智的适应能力，反而成为最成功的一个。相反出身优越，祖父和父亲都是留美博士，扮演成东青精神启蒙者角色的孟晓俊，则在美国梦破碎之后，无奈回归故土，最终通过成东青这个土鳖才在美国人面前挽回了尊严，实现了自我价值。

这是青春的骄傲和自信，也是新时代的电影制作者的文化自觉与文化自信。正如熊立所言，"中国电影更应当发挥影像叙事与传播的优势，把中国社会无数个美梦成真的真实图景经典化，在此基础上构筑我们这个时代的梦想方式，让这个新的'中国梦'凝聚起民众的力量，转化为奋斗的动力，引领我们的未来生活。"①

（三）动力·特征·模式：近年来大陆"青春电影"叙事结构的类型化缺憾

电影是一种叙事为主的艺术，叙事结构是影片生命的骨骼和躯干，其好坏决定着影片艺术品质的好坏。"类型片的观众在观影所获得的快感，正来自于极端熟悉的故事、角色与叙述模式的变奏形态。换言之，一部类型片，首先存在于这一类型序列之中；一个素有某类型片观影经验的观众，正是在同一类型影片的相互参照，即一个互文关系之间，从发现老套路的翻新中获得快乐。因此，对于一部类型电影的叙事研究而言，重要的，不是再度发现它绝少变化的模式，而是发现其中的变奏所在。"② 近年来的大陆"青春电影"，导演们也进行了类型化的叙事探索。其中较为典型的变化是，大多影片一改以往全知全能的成人化叙述视角，而让青少年成为影片叙事真

---

① 熊立：《电影里的"中国梦"》，《中国艺术报》2013 年 4 月 22 日第 3 版。
② 戴锦华：《电影理论与批评》，北京：北京大学出版社，2007 年，第 121—122 页。

正的主角来推动情节发展,《致我们终将逝去的青春》中郑微和陈孝正的爱情贯穿影片始末,《青春派》中居然的行为是影片的叙事动力源泉,《全城高考》中秦鹏的行为始终是牵动老师范义本和班级其他同学神经的主线索,这都凸显了近年来电影制作者还"青春电影"以"青春本色"的姿态,也是中国大陆"青春电影"类型叙事的成功探索。然而,与观众奉献的票房相比,目前,大陆"青春电影"在叙事方面还存在不少软肋,笔者从叙事动力、叙事特征、叙事模式三方面一一呈现。

1. 叙事动力: 现实生存利益驱动下的青春选择

叙事动力是指影片中能够引起、维持、控制、调节主要角色展开情节叙事的各种力量,是考量一部影片艺术特质的重要指标之一。近年来中国大陆"青春电影"中,导演多以青年人现实的生存利益来决定影片的叙事和价值走向,《致青春》中出身贫寒的陈孝正,渴望通过上学改变命运,他的人生是只能建造一次的楼房,必须让他精确无比,不能有一厘米差池,为了实现自己的人生抱负,在爱情与出国留学的机会上,他放弃了郑微,选择了后者。郑微的同学黎维娟,同样出身贫寒,大学毕业后很世俗地选择了老夫少妻式的富足生活。"中国电影的'青春叙事'貌似无法像日本、韩国、中国台湾以及泰国的青春纯爱电影那样讲述无现实功利制约的爱情,爱情片特色的私人情绪表达总是要让位于时代和现实。"①《小时代 3：刺金时代》中顾里为了自己的商业利益可以向精神几近崩溃的好朋友林萧隐瞒其男友周崇光还活着的事实，南湘为了还上母亲欠下的赌债也选择了出卖供养她的顾里，林萧为了保住自己在 ME 公司的职位也没有将自己偶然听到的对顾里不利的商业机密告诉对方，而所有这些情感的裂痕，利益的追逐都在放高利贷者追逐南湘，唐宛如因出手相救而被打伤的悲惨场景中化为乌有，"时代姐妹花"迅速重归于好。这样的情节走向凸显了电影创作者靠现实利益驱动推动故事情节发展的世俗选择以及价值观层面的营养不良状态。

2. 叙事特征：宏大时空叙事与个体青春特质展现的纠结与错位

《同桌的你》《初恋未满》《80 后》等影片在用影像刻画个体青春的时候依然没有摆脱宏大叙事的窠臼。《同桌的你》以类似日记体的形式展开，每一个时间都与国际国内重大历史事件紧密相连，如 1999 年南斯拉夫大使馆被炸、2003 年非典事件、2001 年"911"事件等，借助时空的宏大叙事来凸显林一的青春热血、反叛意识、理想主义，但是这样的生命特质更多带有导演的主观色彩，使青年大学生身上本该有的青涩、内心的迷茫与不确定、抉择的困境等显得有点刻意。《初恋

---

① 陆嘉宁：《中国式青春——评〈致我们终将逝去的青春〉》，《电影艺术》2013年第 4 期。

未满》故事开始于 1997 年的重庆，影片试图用伟人邓小平逝世、亚

洲金融风暴、香港回归等历史事件来表达看似平淡无奇的生活其实暗

流涌动的时代情绪，以此来呼应看似单纯美好的青春里其实早已充满

了叛逆与波动，但导演在影像叙事的过程中依然没有处理好宏大时空

叙事与个体青春特质展现的关系，出现影片故事与时空环境疏离的叙

事漏洞。《80 后》同样如此，创作者想把这些标志性的事件放入影片

以达到引起观众共鸣的目的，但最终都没有解决好如何安排故事结构

的问题。

3. 叙事模式：微时代影像叙事影响下的小品化叙事缺憾

新世纪以来，随着微时代——网络时代的到来，以短小、精练、

灵活的形式风靡中国互联网的微电影成为逐渐兴起的电影新类型，作

为一种新的艺术传播形式，其极强的故事性和可观赏性广受欢迎。"精

短的网络叙事基因在数量庞大的网络观众大脑中得到复制"，[1] 加之后

现代主义思潮的影响，"青春电影"的影像叙事也出现了小品化的叙

事特征。张一白导演的《将爱情进行到底》分"北京篇""上海篇"、

"波尔多篇"，三则小故事宛如三部独立的电影，割裂式三段叙事模式

串起了杨峥和文慧爱情的三个阶段，这种微电影叙事基因影响下的小

品化叙事特征并没有告诉观众如何将爱情进行到底，而只是情人节档

---

① 周清平：《跨媒体实践中的文化基因融合与裂变》，《当代电影》2014 年第 4 期。

期对于爱情、婚姻的一种平面化展示。同样，以"冰糖葫芦"式叙事模式结构影片的《北京爱情故事》，导演试图用人生五个不同阶段五个不同的爱情故事向观众展示爱情的全部内涵，但是"爱情大观园"式的小品化影像风格却使"我们所看到的和我们所期待的'北京爱情故事'似乎还隔着一段距离，类似网络段子催生而来的情节设置、似曾相识的桥段、标签化的人物形象以及大量网络金句般的台词无一不在减损着影片的叙事风格，使得整部影片看似热闹却流于空洞，表面花哨却止于肤浅，最终影响了所谓'爱的预言'的表达。"① 这种小品化的叙事模式让我们看到了"青春电影"类型化趋势中创作者的投机心态，过度消费青春而忽略了叙事方面的艺术价值。

（四）清新 · 世俗 · 喜剧：近年来大陆"青春电影"美学意蕴的类型化风格

从美学意蕴上来讲，近年来大陆"青春电影"呈现出类型化的风格特征，主要体现为"小清新"风格的多维展现、世俗化的文化表达和庸常的喜剧噱头等方面。

1. "小清新"风格的多维展现

随着大陆青年文化的发展，在 80 后、90 后一代的审美选择中，

---

① 王群：《北京爱情故事：一个缺失爱情故事的爱的预言》，《当代电影》2014 年第 4 期。

"小清新"成为青年群体追捧的一种文化现象，以自然淳朴、淡雅脱俗为审美标准。近年来的"青春电影"中，能带来感动和温暖的"小清新"风格受到众多影迷的青睐。

这种"小清新"风格的影像表达主要体现在三个方面，第一是影片场景的选取上，"场景不但是观众迅速发现确认类型的一种标识记号，也承载了其与类型主题契合的象征美学和诗意化意象。"① 近年来中国大陆"青春电影"大多选取清新自然、唯美脱俗的校园，《全城高考》充满青春奋斗活力的教室、操场等校园场景的转换。《致我们终将逝去的青春》清新嫩绿的大学校园以及充满浪漫梦幻色彩的海洋馆，都让置身其中的观众唤起了心中那份干净、纯粹而又充满梦幻与浪漫色彩的青春回忆。第二是影片的色调方面，近年来的"青春电影"一改过去低沉、灰暗的感觉，多以清新、明快的绿色为主，呈现纯净、青涩、明亮的视觉风格。《青春派》中纯洁干净充满青春朝气的白色校服，《小时代》中美轮美奂的玻璃房子、"时代姐妹花"时尚靓丽的服装等都彰显了近年来"青春电影"在摄影风格、色彩营造方面的变化。第三是在音乐的制作和运用上，《全程高考》的插曲《快乐的时光》是男主角快男谭杰希自己作词作曲的流行歌曲，唱出了年轻人的阳光、青春与快乐。《同桌的你》这部本身源自经典校园歌曲

---

① 杜沛：《近期台湾青春片的主题与类型研究》，《当代电影》2014 年第 6 期。

的"青春电影",用经典歌曲带领大家回到了那段青涩、懵懂、难忘的青葱岁月。《初恋未满》由主演张含韵演唱的同名片尾曲让观众感受到一阵扑面而来的青春气息袭上心头,过往的青春记忆也像被风吹过的涟漪慢慢在心头荡漾开来。

美学风格上的"小清新"也让我们看到了大陆"青春电影"发展的内在潜力和时代特质。"相较于 20 世纪 90 年代以来青春题材电影惯常表达的'共时性'美学体验诸如断裂与茫然、失去与颓废、叛逆与无奈,新世纪第二个十年随着《失恋 33 天》与《致青春》等一批热卖影片的出现,似乎标志着国产电影的青春书写迅速从社会转型期的心灵阵痛中抽身。"① 这正是"青春电影"还青春以本色并逐步走向成熟的标志所在。

2. 世俗平庸的喜剧噱头

噱头一词源于英文 shit,意为大便、胡说、谎言、大话,蹩脚的商品或表演,引申为吸引观众的低级趣味的表演以及各种华而不实、哗众取宠、引人发笑的手段。近年来的"青春电影"尤其是在情人节、光棍儿节上映的青春喜剧电影,为了搭上"青春"卖座的顺风车,不惜打造众多世俗平庸的喜剧噱头来吸引观众,赚取票房。《将爱情进行到底》第二则故事中,大学同学聚会上,杨峥和文慧被老同学

---

① 聂伟:《青春"初老症"与青年资本暴力》,《当代电影》2013 年第 7 期。

关进一间酒店，逼他们发生关系，还得弄出动静，杨峥卖力"跳床"，文慧被迫大声"叫床"，喊的却是"加油！加油！"成为片中最搞笑的桥段。《北京爱情故事》中人到中年的刘辉与老婆佳玲为了在爱情中寻找新的刺激，来到希腊假扮偷情浪漫度过结婚20周年纪念日，刘嘉玲大露性感美腿，梁家辉裸露上身大秀肌肉，两人又是床上"掰腿运动"，又是游泳池边"飞踹落水"，互吼"干柴烈火""太骚"，却不料两人因为意见不合险些吵翻。这样的偷情游戏设计中，除了两位大腕梁家辉、刘嘉玲的人气以及圣托里尼岛的迷人风光外，影片对爱情内涵的阐释荡然无存。《101次求婚》中饰演包工头的黄渤，学高富帅玩浪漫，在海滩向女神林志玲求婚，可话还没有说出口，就被女神识破并当面喊停。当黄渤在马路中央拦截奔驰的卡车，并且大喊"我爱你"时，他的形象瞬间变为"大情圣"，最搞笑的是影片结尾女神反而放下身段反向黄渤求婚，着实塑造了一次史上暴强的颠覆式逆袭。这些滑稽、无厘头的青春行为以及逗趣耍宝的搞怪桥段暗合了我们这个时代物质精神压力都比较大的年轻人特有的娱乐狂欢精神，对"青春电影"一度缺席的大陆观众来说，恰好刺激了他们消费青春的神经，有时甚至迎来一片叫好之声，但从"青春电影"类型走向成熟的角度来看，电影创作者更应该挖掘人物性格、心理、成长蜕变等属于青春更深层次的东西，来丰富"青春电影"的影像内涵。

综上，我们从近年来"青春电影"的角色类型、叙事结构、主题内涵、美学风格等方面阐释了大陆青春电影的类型化趋势，不难看出，从类型的生成和发展演变来看，"青春电影"在中国大陆电影史上尚未形成十分完备的类型形态，但它的类型化成长道路却需要我们电影创作者和研究者关注。当下大陆"青春电影"存在的问题有二：一是在市场利好的情况下创作者注重数量上的跟风之作，而对影像内涵的挖掘不够。二是电影创作团队把更多的时间精力用在了市场营销阶段，比如通过微博营销、明星效应、电视营销、植入游戏、病毒式营销等方式将青春话题商品化，其次才会考虑电影本身的类型化问题。虽然带来了可观的票房收入，但对于刚起步的大陆"青春电影"来说，这种功利化的结果必然不利于其长足发展。因为"当一个人看了越多的类型电影，他会很少通过它的影片，而是更多地通过它的深层结构、规则和惯例来与这个类型沟通。"① 他们希望从最初的在电影中追忆青春、寻找共鸣到在电影中寻找自我认同，进而达到重构自我的深层次性格建构，最终实现思维的拓展和灵魂的共鸣，这是类型电影的本质属性及社会功能，也是连接观众和影片之间的最深层动因。因此电影创作者更应该注重对艺术品质的深入研究，通过对场景的开

---

① ［美］托马斯·沙茨（Thomas Schatz）著，冯欣译：《电影类型与类型电影》，杨远婴主编《电影理论读本》，北京：世界图书出版公司，2012 年，第 318 页。

拓展现更加广阔的社会空间，挖掘青春成长过程中每一个生命个体在个人与社会的碰撞中更加丰富的多义性，不断加强其类型化的镜头语言、叙事结构、文化社会价值渗透才能形成合力，"触及深层社会不确定的价值来激发观众情绪"，[①] 以此来达成观众与电影更深层次的审美交流和情感共鸣，促进"青春电影"这一类型的日益成熟。

三、近年来中国大陆青春电影的文化症候与叙事策略

新世纪第二个十年，青春电影无论从数量还是票房成绩上来看，在大陆电影市场上都呈现了前所未有的繁华景象。与 20 世纪 90 年代甚至新世纪初期大陆青春电影以表现社会转型期的边缘青年形象、时代变迁中的小镇青年生存境遇等不同，近几年的青春电影中，主人公都是生活在现代化的城市，以主人翁的姿态出现在荧幕上的。有"青春不朽"的豪言壮语，有"爱对了是爱情，爱错了是青春"的无悔宣言，有"不悔梦归处，只恨太匆匆"的青春苦涩等等，透过一系列青春电影的影像塑造，我们看到了青春电影的不断成长，也看到了其属于这个时代的文化症候。正如有学者所说"由青春、爱情、成长、成功、时尚、品牌、个性、叛逆、颜值等常规性的、流行性符号所构成

---

① ［美］大卫·波德维尔、克里斯汀·汤姆森:《电影艺术:形势与风格》，曾伟祯译，世界图书出版公司，2008 年，第 383 页。

的青春片，并非偶然的、缺乏严肃文化价值的现象，而是当代中国新常态社会结构自我想象和意义赋予的重要症候性文本。"① 诚然，2013年以来火爆荧屏的青春电影，在经历了几年的井喷式发展之后，于2017年逐渐降温，回落到业界常态，这一方面是电影产业和艺术发展的规律使然，另一方面也暴露出了其在影像叙事策略、类型演进、构建故事、设立元素以及对青年群体精神生态、认知模式、情感关照等方面的叙事与文化危机。《电影艺术》杂志在 2017 年第 3 期以"青春片：深耕与演进"为题特别策划了一组文章，管窥当下大陆、港台、美国、日本青春片的呈现样态。2017 年 6 月 12 日《光明日报》发表了《青春电影不妨多些励志》的文章，8 月 8 日《中国文化报》又刊出了《"青春电影"创作如何打动人心》一文，学界、社会、文化领域对青春电影的关注与研究也进入到了从欢呼雀跃到冷静反思、助力提质的阶段。因此，用文化研究的方法来透视近几年的大陆青春电影创作，认真分析其怀旧叙事背后的现实生活焦虑、景观化叙事中青春本真的弥散、家庭残缺叙事凸显的代际文化冲突、功利化叙事思维中的价值导向偏颇等文化症候与叙事策略也就具有了明确的文化价值和社会意义。

---

① 张建珍、吴海清：《从转型社会到新常态社会的青春片——中国当下青春片的去政治化研究》，《电影艺术》2017 年第 3 期。

（一）怀旧叙事背后的现实生活焦虑

对怀旧叙事的偏爱是中国大陆青春电影导演的集体症候。新世纪以来，我国城市化进程的加速和全球资本化时代的到来，在一个以消费为主导的商品经济时代，青年人面临的经济压力前所未有地加大，当"90 后"已经面临就业、恋爱、结婚、生子的现实问题时，现实生活压力下的焦虑感随之而来，"物质生活的日益繁荣并没有缓解这种焦虑，相反地一系列社会问题的出现加剧了青年人的社会焦虑和身份危机。贫富差距加大，就业难，官二代、富二代，养老，房价，这些关键词是人们当下面对的社会问题，也是各种焦虑的来源。"① 在这样的现实情境之下，在青春电影市场上，从《老男孩》的风靡网络到《致我们终将逝去的青春》在票房上的大获全胜，大陆青春电影导演抓住了青春电影获得观众认同的成功元素之一——青春怀旧。张一白导演的《匆匆那年》，一个"那"字就把怀旧的基调完美呈现，影片中通过以赵烨的婚礼为切入点，通过赵烨聘请的法国婚礼 VCR 摄影师七七的追问和摄像机镜头，在"你还记得她吗？""你曾经发过誓吗？""你后悔过吗？"等一系列对过往的追忆中，通过倒叙、插叙的叙事方式，展现了具有青春标识的学校里郁郁葱葱的树荫、阳

---

① 雷文君：《1990 年代以来我国大陆青春电影中的青年亚文化研究》，重庆工商大学硕士学位论文，2016 年，第 8 页。

光下散发着芬芳的丁香花、体育课上的哨声和嬉笑、伴随千禧之年一起到来的初恋的冲动，与北京申奥成功共欣喜的爱的承诺、大学迎新晚会上方茴失恋在大雪中迸发的痛楚，方茴失恋报复性与渣男做爱怀孕堕胎时陈寻内心的悔恨和对爱情的领悟……影片在现在、过去的时空交错中，把阳光少年陈寻、痴情女孩方茴、温情暖男乔燃、纯情备胎赵烨、豪放女神林嘉茉跨越 15 年的青春、记忆和友情展现得淋漓尽致。在"时间你回回头，看看他们有多美"的怀旧情绪中，把他们对现实的失落和遗憾悄悄填补，在此，青春怀旧的作用是让观众不再沉湎于忧伤的浪漫氛围，而是唤醒他们理想主义的初心，让未来获得光明的心理力量。

《夏洛特烦恼》同样是在班花秋雅的结婚典礼上，现实生活落魄的夏洛为了在心目中的女神秋雅以及老同学面前维持自己的形象，穿着吊牌都没去的西服不料又跟司仪撞了衫，在妻子马冬梅跟踪到场戳穿他们的生活现状后，夏洛作为男人的尊严荡然无存，逃离现实就成为他本能的反应，于是，一场梦境让现实不堪的夏洛回到了充满青春激情与叛逆的高中时代。导演采取梦境插叙的叙事方式，让怀旧成为对夏洛青春精神的修复。在梦中，夏洛成为炙手可热的明星，与自己心爱的女神秋雅生活在一起，可以说夏洛回首过往青春的过程变成了克服当下现实焦虑的一种途径。《同桌的你》用一首经典校园歌曲作为片名本身就带有了强烈的怀旧意味。影片从林一幻想的美国生活开始，幻想着经过奋斗能在美国就职于一家大公司，住着纽约二环外地铁边安静的大三居，开着豪车，连早餐都是在米其林七星餐厅，拥有漂亮的未婚妻，然而艰难的十年奋斗并未得到华丽光鲜的生活，一封来自国内的前女友周小栀要结婚的 EMS 触动了他此时精神溃败的神经，老板的歧视，未婚妻的背叛，使他感到自己的生活一败如水、一无是处、一塌糊涂。此时，追忆过去就是放下压力、放空自己，于是导演让怀旧与回忆以林一为叙事视角，通过日记体的线索，把林一和周小栀长达十几年的青春往事一一演绎，回忆中第一次看电影，第一次为周小栀演奏唯一会的乐器，第一次一起看电影，第一次在反抗大使馆被炸的游行示威人群中牵起了手，以及周小栀为了爱情放弃北大和林一上同一所大学，非典期间冒着生命危险去救被隔离的林一。现实的精神压力使得对无忧无虑的校园时光的回忆变得如此美好，正因如此，影片的怀旧情绪才更容易唤起青年观众的集体记忆，在这里，怀旧凝聚了电影创作者的文化想象和观影群体对于未来的精神探寻。现实焦虑中的青春怀旧重温的是没有世俗压力和社会阶层差别的美好时光，现实社会中日渐丢失的对爱情的执著追求、对同学时代纯真友谊的珍视，对未来的勾勒与憧憬，对曾经的誓言的坚守与履行，都让怀旧成为了精神慰藉和获取前行力量的重要途径。但是我们也要清醒地看到，"当变得独立的艺术用鲜艳的颜色表现它的世界时，生命的某个时刻已经老去，这个时刻不会因鲜艳颜色而返回青春，它只能让人在记忆中回顾。"① 怀旧不应成为青春的底色，青春电影创作也必须探寻更加坚实、富有成长质感的青春母题。

（二）景观化叙事中青春本真的弥散

"在现代生产条件占统治地位的各个社会中，整个社会生活显示为一种巨大的景观的积聚。直接经历过的一切都已经离我们而去，进入了一种表现。"② 正如当代法国著名思想家、实验主义电影艺术大师居伊-埃内斯特·德波所言，随着现代物质生产资料的极大丰富，我们进入了景观社会，我们的潜意识已经在各种现代媒介、影像所建构的"景观"中悄悄支配着我们的行为，改变着人与人之间的社会关系。近几年的大陆青春电影，作为一种影像传播媒介，对于"景观社会"的文化表征也进行了全方位的呈现。

在一片骂声中票房却一路高歌的《小时代》系列，从《折纸时代》《青木时代》到《刺金时代》《灵魂尽头》，故事以经济飞速发展的上海，这座风光而时尚的城市为背景，主演们身着大品牌的华丽服饰走在电影里仿佛在上演时装发布秀，仅一部《刺金时代》服装就达七千

---

①② ［法］居伊·德波，张新木译：《景观社会》，南京：南京大学出版社，2017年，第 120、3 页。

多件，刚刚大学毕业的林萧、南湘、唐宛如就天上掉馅饼般的搬进了顾里租的豪华别墅，开始了同一屋檐下的乌托邦生活。年轻粉丝们潜伏在内心深处最原始的青春欲望在影片光怪陆离的"景观秀"中被悄悄唤起，帅哥美女刷屏的"高颜值"演员阵容、奢华绚丽的布景画面、梦幻飘渺的故事情节在满足青年观众对梦幻世界的想象和虚荣时，也让青春本该凸显的正义、励志、纯真、理想飘然远去。青春电影的"核心母题一定是成长。是人从孩童过渡到成人的整个阶段中对自我的认知、认同，对自我与社会的第一次交锋而引发的叛逆、冲突、调整、妥协与融合，以及对爱与生命的裂变式思考和体验。"[①] 然而，近几年的青春电影在颜值化的表演阵容、象征物质世界极度发达的都市景观勾勒之外，另一种景观叙事表现为青春影像的符号化。如果说《同桌的你》《初恋未满》《匆匆那年》《80后》是用"中国驻南斯拉夫大使馆被炸""非典""911事件""亚洲金融风暴""香港回归"等历史事件作为影像叙事的时代景观，因而让我们看到了当时青春电影"宏大时空叙事与个体青春特质展现的纠结与错位"，[②] 那么，到了《致我们终将逝去的青春》《少年派》《左耳》《谁的青春不迷茫》《何以笙箫默》中，电影创作者已经不再把宏大的历史事件作为主人公爱情进展

---

① 付宇：《类型的困惑：青春电影火爆背后的迷茫》，《电影艺术》2015年第2期。
② 王秀杰：《近年来中国大陆"青春电影"的类型化趋势探究》，《当代文坛》2015年第6期。

或心灵成长的时代背景，而是艺术化地用跟主人公生活以及心灵成长更加贴切的场面调度、生活细节、影像画面来进行青春表达。郁郁葱葱、清新脱俗的大学或高中校园，校园中的教室、食堂、宿舍、图书馆勾连了少男少女们的生活轨迹，青涩纯真的校服，T 恤、老歌、牛仔裤的青春标配服饰，打架、堕胎、劈腿的俗套情节等等把本该热情昂扬的青春渲染成了一种"明媚的忧伤"情绪，青春未曾绽放就显现了"初老"的痕迹，观众在这样的青春景观中只能暂时驻足欣赏，当这样的叙事套路已经不能满足青年观众建构当下身份、文化和社会认同时，丧失了题材优势的青春电影必须"经由'类型深耕'向'认知优先'推进，为更大范围内组织、建构青年观众动态而有效的情感公约数积累经验。"① 此外，在这样一个视觉文化和信息技术时代，随着"B 站"这一国内最大的年轻人潮流文化娱乐社区对网生代青年群体生活和文化的影响以及"动漫"等二次元元素对青少年的影响，2017年暑期档的《闪光少女》让大陆青春电影的叙事探索进一步景观化，COS 服、美瞳、假发、日漫手办的简单堆砌，并未让观众在民乐大战西洋乐的热血 battle 中体味到青年文化认同。《青禾男高》中 30 年代的故事背景，以打群架来彰显热血青年的视觉场面，漫画式的镜头处

---

① 聂伟、杜梁：《国产青春片：基于供给侧创新的类型演进》，《电影艺术》2017年第 3 期。

理，虽然可以感觉到创作者对于当下青春电影的题材探索，但是这种亚文化景观的呈现并未把准当下青年的文化和心理脉搏，只能在票房和口碑的双重失利下惨淡收场。"国产青春片需立足'发现青年'的当下命题，依托本土历史经验、时代环境和社会现实，厘清青年群体的文化情感诉求，锚定社会转型期青春叙事的美学认知与青年群体精神生态之间的逻辑关联。"① 只有这样，我们才能看到青春电影更加光明灿烂的未来。

（三）家庭残缺叙事凸显的代际文化冲突

代际关系是家庭诸种关系中最重要的关系形式，也是社会关系的基础，其核心是亲子关系。一个开放的社会或当社会急剧变革时期，一代人与另一代人的社会化过程、社会经历不同，从而使各自群体所持的观念也较为悬殊。我国科技和生产力的高速发展、各种消费品的迅速更新换代和网络信息技术的日新月异，当下青年群体更容易掌握新的知识和技能，更容易适应瞬息万变的外界环境，"代表着未来的是晚辈，而不再是他们的父辈和祖辈"。② 这正是美国著名文化人类学家玛格丽特·米德所阐释的"后喻文化"时代的典型特征。年轻人不

---

① 聂伟、杜梁:《国产青春片：基于供给侧创新的类型演进》,《电影艺术》2017年第 3 期。
② ［美］玛格丽特·米德，周晓红、周怡译:《文化与承诺》，石家庄：河北人民出版社，1987 年，第 9 页。

再是传统家庭中被家长教育、规约的对象，而是在自身尚未成熟的状态下就以时代主人翁的姿态来反叛甚至颠覆长辈权威，从而达到确立自我身份的目的，呈现出明显的文化反哺倾向。

中国大陆青春电影中，这种文化反哺一方面通过时代感更强的青年角色来体现，另一方面又在家庭残缺叙事中得到彰显。《左耳》中黎吧啦生活在残缺家庭中，父亲早亡，母亲自己出国扔下她不管，黎吧啦与整天打麻将、与街坊老太太说长道短的奶奶生活在一起，她给自己唯一的好朋友李珥说"大人是这个世界上最不靠谱的生物"。《谁的青春不迷茫》中林天娇的父母婚姻破裂，为了不影响子女的学习离婚后仍勉强生活在一个屋檐下，高翔母亲早亡，父亲入狱，与年迈的爷爷相依为命。《小时代》中顾里从未见过她的亲生母亲，作为私生女在父亲去世后要跟继母展开财产争夺之战。《全城高考》中的文学天才秦鹏，也是与坦荡豁达的爷爷生活在一起。《七月与安生》中的安生同样生活在父亲早逝、母亲长期出差不在家，且安生与母亲关系极度紧张的状态中，安生在没有家庭温暖、四海为家的流浪状态中自我长大成人。《从你的全世界路过》中，猪头和茅十八是寄宿在陈末家里的无根青年……一个更耐人寻味的事情是在残缺家庭中长大的孩子不仅在影片中频频出现，而且电影创作者还赋予其非常重要的叙事角色和精神能量。《左耳》中黎吧啦作为一条或明或暗的叙事线索牵引着、警醒着李珥、张漾等人的心理成长。《谁的青春不迷茫》中同样出现了这样突破现实生活逻辑的设置：认识高翔之前的林天娇在父母和学校的教育之下被认为最优秀的学生却成了一个不折不扣的"功利主义者"，一个精神上的失败者，残缺家庭中成长起来的高翔，却秉持了青春的正义、纯真、善良和爱，成为影片中生活和青春的导师。《全城高考》中爱好写作，成绩不好，令班主任头疼的秦鹏也是应试教育重压下冲出阻碍首先践行素质教育的成功者。《后来的我们》中见清和小晓同样也生活在残缺的家庭中。可以说，青春电影中代际冲突的加剧，家庭文化的缺失，对家庭的解构成为众多导演不约而同的选择，这也体现了后现代语境之下，在以消费和市场为主导价值导向的大众文化中，代际之间在文化上的断裂。

　　家庭是社会的细胞，相对于正在成长中的青年个体而言，家庭是相对稳定、相对保守的空间，同样的时空环境下，不同代际的人生活在一起，伦理秩序、经济支撑、文化影响与传递作为每一个家庭的微观政治每时每刻都存在着。但是，进入新世纪以来，随着改革开放的深入和我国经济的飞速发展，在全球资本化生产逻辑之下，价值领域和精神领域的文化建设无法跟上物质的增长速度，物质膨胀带来的欲望膨胀也产生了很多社会和家庭伦理问题。离婚率的飙升，父母忙于赚钱，忽略孩子成长期的精神需求而让孩子成长过程中因缺乏安全感以致叛逆期与父辈的冲突更加强烈，父母关系破裂的单亲家庭长大的孩子对于父辈的不信任也是比比皆是。加之两代人成长的社会环境、接受的文化教育差异较大，造成当下中国社会代际关系在文化上的断裂。这种断裂以家庭文化的缺失体现了在这个物质飞速发展的时代，传统伦理文化的沦陷。笔者不禁要问，这是青春电影中人物形象塑造的客观外在因素使然，还是青春电影导演的集体无意识？也许这正是当下青年面临的精神文化焦虑和身份认同危机的体现。这种焦虑和身份危机也笼罩着以青年群体为主要创作对象的青春电影导演。

（四）功利化叙事思维中的价值导向偏颇

商品高度发达的现代都市社会中，"'物的体系'对人的包围已经形成，商品消费已经成为人们主要的生活方式……广告、时装、流行歌曲不仅深入人的日常生活，而且成为亿万人形成自己道德和伦理观念的主要资源"。① 置身于现代化所生成的计量经济文化氛围之中，现实功利文化的思维逻辑已经左右了近年来青春电影主人公的个人选择与行为方式，使其过早地呈现出成人化的趋势。《小时代》中顾里在经济上照顾南湘的同时，却在情感上挖墙脚，与南湘的男朋友逢场作戏，林萧为了得到在 ME 工作的机会也一度背叛顾里，友情、爱情、

---

① ［英］安吉拉·默克罗比，田晓菲译：《后现代主义与大众文化》，北京：中央编译出版社，2001 年，第 3 页。

工作、身份地位的错综扭结无不源于个人利益的诱惑。不仅如此，作为"现实社会的非现实主义心脏"，《小时代》中奢华绚丽的服装秀、光怪陆离的现代大都市景观，通过影像虚构现实世界的同时，"它更像是一种变得很有效的世界观，通过物质表达的世界观。这是一个客观化的世界视觉"，① 这种由景观建构的世界观无不在误导着青年观影群体的价值取向。《28岁未成年》同样也充满了对欲望想象的勾勒，主人公凉夏在现实中得不到的爱情婚姻靠一颗神气巧克力引发的童话获得完美拯救。姚婷婷导演的《谁的青春不迷茫》影片一开始，就听见女主人公林天娇的画外音"我妈说，要想人前显贵，就得人后受罪，只有成为人上人，才是有价值的人生。"林天娇在与高翔深入接触之前就在母亲的价值体系中，把学习当做了青春生活的全部，貌似成功地活成了"别人家的孩子"，当弟弟问她你累不累时，她斩钉截铁地说"我嗨死了"。为了拿到高考加20分的全校唯一的一个省三好学生名额，学习最好的林天娇也来了一次满心功利的作弊行为，最后如愿以偿。当然《谁的青春不迷茫》的功利化叙述是作为电影后半段林天娇的个人成长而铺设的。但是我们不可否认，影片中的家长和老师都是计量经济时代、应试教育体制下最真实的反映，当下即便是还

---

① ［法］居伊·德波，张新木译：《景观社会》，南京：南京大学出版社，2017年，第4页。

未走向社会洪流的校园青年也都笼罩在这样的功利化思维逻辑之下。

《从你的全世界路过》中的小容，面对现实生活的诱惑，不满足于与电台 DJ 陈末的恋爱生活，而选择与电台的领导在一起，即便后来上当、投资失败依然选择站在更高的山上看风景。在国外留学的燕子也没有选择视爱情为生命、把自己的一切都给她的落魄青年猪头，在她们的生活逻辑里，是男人跟不上她们的节奏，站在青春的十字街头，再不走就晚了，在世俗功利主义的驱使之下，一定要站到更高的地方去看一看，过上上等人的生活，为此可以丢下爱情。《致我们终将逝去的青春》中的陈孝正，家境贫寒，他的人生方向就是努力学习、抓住一切机会改变命运，为了出国深造，他放弃了郑微的爱情，为了在美国拿绿卡，他与不相爱的女子结婚，最终用做人的失败换取了事业的成功。黎维娟更是拜金女的典型，为了摆脱贫寒的生活，嫁给了一个离过婚的有钱老男人，成了两个儿子的后妈，婚后还想着怎么样试管婴儿要两个孩子，以此来与丈夫前妻的孩子争夺家产。这些人物及其行为的设置源于整个社会功利文化的侵袭。功利文化以金钱至上、成功至上为准绳，大众追求物质富裕、身份显贵的"人上人"生活，这种普遍的追求造成了当下社会价值标准的单一化，"可以说这样一种价值体系，已经形成了一种新的意识形态，笼罩在我们社会的各个方面，甚至深入到了很多人的意识乃至潜意识深处，牢不可破。"① 众所周知，青春电影的消费群体主要是青年，处于拔节孕穗期的青年人，正是世界观、人生观、价值观形塑的关键时期，当下青年的价值取向将决定未来整个社会的价值取向，"尽管电影是商品，但是还是应该承载审美价值和文化价值，需要有浓厚的人文底蕴和艺术风格。消费时代的到来，世俗享乐主义高扬、审美走向日常化、诗意暗淡而散文泛滥。在世俗文化和市场逻辑支配的文化产业中，秉持何种文化价值和什么意义始终应该是中国电影需要考虑的首要问题。"② 因而，对于青春电影导演来讲，如何通过影像塑造青年形象，在影像中把握青春的真谛，记录青年的成长，建构青年的心理，获得青年的认同，传播青春的正能量，引领青年文化健康发展，是当下青春电影导演必须重视的实践命题。

麦克卢汉说"媒介即是讯息"③，当下青春电影导演自觉或不自觉地通过影像叙事对青春文化进行着多元化的文化表达，当如此多的青春电影通过荧幕作为一种文化符号投射到正处于成长期的青年群体时，电影作为一种文化输出，它的社会功能和价值导向必然应该引起

---

① 李云雷：《全球化时代的"失败青年"》，《文艺报》2016 年 3 月 25 日，第 5 版。
② 周星、张燕主编：《中国电影历史全景关照——110 年电影重读思考文集》，北京：中国电影出版社，2015 年，第 10 页。
③ ［加拿大］马歇尔·麦克卢汉，何道宽译：《理解媒介：论人的延伸》，北京：译林出版社，2011 年，第 16 页。

电影创作者的集体重视。戴锦华曾说，"文化研究素来重视文化生产、消费与接受层面，而且是为了通过对其生产与销售的关注，发挥其背后的政治、经济脉络，发现某一特定的文化 / 电影文本与其他政治场域、意识形态实践间的耦合方式。"① 而目前的现实情况是，受众领域对青春电影的关注主要集中在粉丝的出演及其清新唯美、情感真挚、无忧无虑美好青春时光的景观化呈现，研究者对青春电影的关注是随着近几年青春电影数量上的井喷态势才逐渐增多的，无疑，大家意识到了青春电影叙事技巧的匮乏、叙事策略的成人化、情节结构的同质化、空间选择上的时尚都市化、人物角色的粉丝效应、文化症候之下的美学危机等问题，但是在青春电影生产领域，"我们当下的影视产业是一种野蛮生长的状态"，② 在以票房决定影片成败的电影产业评价体系之下，导演在小成本高收入的产业链要求下，正是抓住这些引爆观众情绪的同质化桥段来赢取更高的经济利润，这就使得当下青春电影的生产、营销过程与学术研究还未达成一个紧密联动的制作体系，因此研究当下大陆青春电影的文化症候与叙事策略，从而与电影创作者产生互动与交流，使大陆青春电影拓宽叙事维度、丰富文化内涵，构建有成长质感的青春故事，从而建立与青年观众的文化认同与心理

---

① 戴锦华：《电影理论与批评》，北京：北京大学出版社，2007 年，第 24 页。
② 李道新、浦剑、孙佳山：《时代的焦虑——"小鲜肉"及其文化征候解读》，《当代电影》2017 年第 8 期。

共振对于大陆青春电影的健康长足发展具有积极意义。

四、社会主义核心价值观引领新时代大学生健康社会心态的实践探究

党的十九大报告强调，要加强社会心理服务体系建设，培育自尊自信、理性平和、积极向上的社会心态。社会心态是文化建设的晴雨表，是人们对自身及现实社会"所普遍持有的价值判断、情感倾向、愿景取向、动机驱力、言论情绪、认识方法、行为态度的总和。"[①] 作为担当民族复兴大任的强国时代新青年，大学生拥有健康的社会心态不仅能够为个人的成长成才、家庭的幸福美满、社会的发展进步、国家的繁荣复兴提供重要的心理支撑，也有利于把广大青年紧密团结在党的周围，为扩大党执政的青年群众基础提供有力的人才保障。核心价值观体现着一个社会评判是非曲直的价值标准，社会心态是社会成员个体心理的整体表征。不同时期由于社会核心价值导向的不同，社会成员的心态特征也会随之变化，同样，不同的社会心态也会带来社会成员在价值取向及行为方式上的变化，二者是双向互动的关系。青年大学生是时代的先锋力量，他们的价值取向、社会心态一定程度上

---

① 邱吉：《当前社会心态的考察分析与实践引导》，《中国特色社会主义研究》2012 年第 2 期。

代表着整个社会的未来发展状态。新时代，用社会主义核心价值观引领大学生形成健康的社会心态，探索其实践路径具有较强的理论意义和实践价值。

（一）当下大学生不良社会心态的存在表征

党的十八大以来，随着我国经济社会文化持续快速健康发展、国际地位不断提高、中国正以前所未有的姿态走近世界舞台的中心，人民群众对党中央治国理政新理念、新思想、新战略高度认同，当前社会心态总体上保持健康向上的良好态势。沐浴在党的阳光雨露下，当代青年大学生整体上展现出自尊自信、理性平和、积极向上的文化心态。然而由于网络信息化、价值多元化、文化多样化等因素影响，与大学生整体上积极健康向上的社会心态相伴相生的是一些不良心态也同时存在，并日益影响着青年大学生的价值取向和行为选择。

1. 主体的消解：网络碎片化生存中的责任缺失心态

置身于当下的移动互联网时代，光顾微信、微博、QQ、豆瓣、抖音、知乎、头条等网络平台成为大学生每天的必修课，大量的青春时光都在这些有用没用的信息浏览中悄然逝去，"多元智能理论之父"霍华德·加德纳把这些互联网的原住民称为"APP 一代"，在这样的大脑被过量无用信息侵占和"绑架"的文化生态中，自我与他人、与社会的关系逐渐被虚拟化，人际关系弱化，沉浸于信息消费的休闲世界中导致个体思考力减退，由曾经的"家事国事天下事，事事关心"变成如今"吃瓜时代的儿女们"，由此产生的不良心态也在吞噬、瓦解着当下青年大学生本应建构起来的责任意识与担当精神。如果 APP "使我们不去独立思考，不去提出新问题，不去培养重要的人际关系或者不去塑造一种恰当、全面且不断改进的自我意识，那么，这些 APP 就会将我们引向一条通往被奴役的道路。"① 最近《中国青年报》对职场青年"裸辞"现象调查显示，"95 后"平均 7 个月就离职，而这个第一份工作的平均时间在"90 后"那里是 19 个月，"80 后"是 3 年半，"70 后"则是 4 年。"裸辞"现象彰显的是青年人职业认知与规划的缺失以及后现代社会思潮影响下他们对自我价值的茫然，如果我们不清醒地认识到这种奴役可能带来的危害，大学生的责任意识和担当能力没有充分培养起来，这样生成和建构起来的青年大学生的社会心态就会导致他们走向社会之后出现一系列问题。

2. 自我的迷茫：自律与规划能力不足导致的弥散与拖延心态

互联网生存中的网络诱惑在瓦解大学生的青春意志的同时，也弱化了其自我约束和主动规划未来的能力。2018 年 5 月"积极废人"成为青年舆论场的网络流行词，被网友们用来指那些经常爱给自己立

---

① ［美］霍华德·加德纳、凯蒂·戴维斯著，李一飞、金阳译：《APP 一代：网络化科学的新时代》，北京：电子工业出版社，2015 年，第 10 页。

flag，但是永远落不到实处的人；尽管心态上可能是积极的，但却总是懒于付诸行动，却又在懒惰中产生深深的自责心理。这一心态影响下的大学生其青春的价值与意义在本该绚烂的年纪却过早地开始凋零，这也是《人民日报》撰文痛批大学生的主要缘由，也正是在这样的心态驱使下，求学期间大学生群体离开了中学时代父母的管教、老师的监督，出现了惰性泛滥、拖延无度以及无规划、不自律状态，导致了他们毕业后也不急于找工作，成为"慢就业"一族。据此问题，《中国青年报》2018 年 8 月 2 日做了一期大学生"慢就业"现象调查，对 2009 名受访者进行的一项调查显示，72.9% 的受访者周围有"慢就业"的大学生。62.4% 的受访者认为大学生选择"慢就业"是因为对未来还没有规划好。再加之我们身边不断涌现的"佛系青年""肥宅青年"，与其说他们是一种"有目的的放下""特定群体的自我认同"，不如说是对自我的放纵与茫然，对自我管理的松懈和无为，种种自律与规划能力不足导致的弥散与拖延心态正消磨着他们的青春意志以及青年人应该有的意气风发和果敢前行姿态。这也正是教育部陈宝生部长在新时代全国高等学校本科教育工作会议上强调的学生要回归刻苦读书学习的"常识"的重要原因所在。

3. 青春的狂欢：景观社会带来的消费异化与娱乐泛滥心态

"在现代生产条件占统治地位的各个社会中，整个社会生活显示为一种巨大的景观的积聚。直接经历过的一切都已经离我们而去，进入了一种表现。"① 正如当代法国著名思想家居伊·德波所言，随着现代物质生产资料的极大丰富，在生活中，景象成了决定性的力量，"它更像是一种变得很有效的世界观，通过物质表达的世界观。"② 在这种世界观驱使下，面对光怪陆离的物质世界，追求外表的光鲜、不切实际的过度消费，名牌服装、美容仪器、化妆产品甚至医疗整容等吃喝玩乐活动已经成为不少女大学生的首要消费项目，经过十几年的求学生涯，走进大学校门后，首先考虑的不是怎么适应、规划、充实大学生活，而是如何让自己变得"美美哒"，越来越倾向于重外表鲜亮而轻内在文化素养的提升。年轻人对自身外在形象的更加重视，刺激了市场上"颜值经济"爆发式增长，这也是近年来高校"裸贷""校园贷"等案件高发的直接诱因。此外，自从"贫穷限制了我们的想象力"在网络上流传之后，网民又把一部分看起来每天有吃有喝有玩但实际上囊中羞涩的人称为"隐形贫困人口"，作为全球化带来的"副产品"，这些"隐形贫困人口"天天炫耀吃喝玩乐，生活质量看起来很高，但其实很贫穷，这更多是由于自我消费不节制所造成的。当下大学生这种过度消费、得过且过的心态带来的是对自我缺乏正确理性

---

① ② ［法］居伊·德波著，张新木译：《景观社会》，南京：南京大学出版社，2017 年，第 3、4 页。

认知、虚荣心膨胀，进而影响了其精神成长和正确世界观、价值观的形成。

4. 集体的滑落：功利化心态背后的集体观念薄弱化态势

不容忽视的是，改革开放以来，资本与市场的逻辑在推动物质财富极大丰富的同时，随之而来的逻辑理念与价值体系也潜入了人们的内心，影响了大众的心态，大学生群体也不例外，参加班级、学院或者学校集体活动，不少人会以"加分吗""有用吗"等来作为自己是否参加的价值标准，有用就去，无用则弃。即便是在形形色色的青年志愿者活动中，其实背后也掺杂着大学生实用主义的逻辑动因，正如北大教授钱理群所说，现在象牙塔内精致的利己主义者越来越多。"这样一种价值体系，已经形成了一种新的意识形态，笼罩在我们社会的各个方面，甚至深入到了很多人的意识乃至潜意识深处，牢不可破。"①这种以个人利益为行为逻辑的重个人、轻集体的价值理念不利于青年大学生道德品格的完善与发展，严重影响着当下大学生的视野和格局，也限制着他们在更高平台上的锻造与成长，对于形成积极向上的社会心态是一种现实制约，如何增强新时代大学生对集体主义的高度认同和主动践行，巩固集体主义的社会主义道德建设原则，扭转青年大学生功利化心态背后的集体观念薄弱化态势，也是新时代高校大学

---

① 李云雷：《全球化时代的"失败青年"》，《文艺报》2016 年 3 月 25 日。

生思想政治教育面临的一个实践命题。

（二）社会主义核心价值观和健康社会心态的逻辑关系

1. 社会主义核心价值观是健康社会心态的价值理性自觉

所谓价值，就是事物对于人的意义。价值观，就是人们关于什么样的价值对人有何种意义的看法。核心价值观是群体成员判断社会事务时依据的是非标准，遵循的行为准则。社会主义核心价值观用 24 个字高度概括，凝结着全体人民的共同价值追求。社会心态是社会群体成员在复杂的社会系统中，受内外因等多种因素影响而形成的，对社会事务的态度、感受、意向等一系列心理状态，它往往具有一定的普遍性。社会核心价值观"是对社会心理中的'自发意识'、'日常意识'和'实践意识'的理论提升和自觉凝练，是事实性与价值性、现实性与理想性、既成性与超越性的统一，它只有转化为普遍的社会心理，才能融入人们日常生活和行为习惯之中。"[①] 同时作为一种社会意识，"价值体系通过对社会成员个体意识的作用，完成对社会生活的实现，使整个社会生活处于有序状态。这个过程既是自我意识理性实现的过程，又是价值体系作为理性强行制约自我意识的过程。"[②] 在这一过程中，社会心态的动态性、集群性、复杂性得到有效聚合与规

---

① 韩丽颖：《社会心理与社会核心价值观本质关系的理解与运用》，《教学与研究》2016 年第 5 期。
② 李从军：《价值体系的历史选择》，北京：人民出版社，2004 年，第 104 页。

约，社会主义核心价值观以其鲜明的价值立场引导、调节着社会心态的走向和发展态势，充分发挥凝聚社会共识的"最大公约数"作用，实现着社会心态在新时代的价值理性自觉。因此，用社会主义核心价值观引领新时代大学生健康社会心态，是调节当前大学生不良心态和社会行为的实践命题，让大学生在自觉践行社会主义核心价值观中实现人生出彩的时代旨归。

2. 健康社会心态是社会主义核心价值观融入日常生活的实践中介

时代是思想之母，实践是理论之源。马克思说"全部社会生活在本质上是实践的。"[①] 马克思主义认识论向来特别强调实践的观点，实践是检验真理的唯一标准，是理论产生的动力与源泉，同时科学的理论可以反过来指导我们的实践。社会主义核心价值观不仅是一种理论话语，更是一种实践旨归。要想实现理论对实践的有效指导就要通过一定的中间环节、中介力量推进其理论形态向生活形态的转化，真正实现科学理论融入大众的日常生活，其现实切入点之一就是培育健康的社会心态。相对于个人心态而言，社会心态是在一定的价值观念引导之下形成的社会成员在一定的时空内的普遍心理状态，这种普遍的心理反应通过其社会成员的处事态度、处事原则、处事方法、处事规律等一系列行为范式作用于人们的实践活动，体现在日常生活的方方

---

① 李从军：《价值体系的历史选择》，北京：人民出版社，2004年，第104页。

面面。处事态度是人们在自身所形成的价值观导向作用下对事物的评价、心理感受、主体情感以及行为倾向，处事原则指为人处事所依据的行为准则，处事方法指为达到某种目的而采取的途径、步骤、手段等，处事规律指在长期的生活实践中所形成的带有普遍性规律的处事特征。社会心态决定人们在日常生活中行为处事的态度、原则、方法以及规律的形成。正是从基于以上分析可以看出，在纷繁复杂的实践过程中，正是健康社会心态充当了社会主义核心价值观融入人民大众日常生活的实践中介。

3. 社会主义核心价值观和健康社会心态在实践中构成同向同行的动态演进过程

社会主义核心价值观是在中国特色社会主义的伟大实践中产生的，同样人民群众的现实生活也是社会心态形成的实践依据，二者皆属于社会意识范畴，由社会存在决定，共同的现实生活实践是社会主义核心价值观与社会心态在新时代实现同频共振的物质基础。从二者的内在统一性来看，群体成员的社会心态最核心的内容应该是他们所处社会的核心价值观，其对社会的整体认知、对某些事件表现出的社会情绪、参与实践的社会行为都是受价值观念影响、决定的，社会的核心价值观也是社会心态中最根本、最内在、最隐含的要素。因此，社会主义核心价值观和健康的社会心态你中有我，我中有你，相互影响，相互促进。从社会主义核心价值观和社会心态的形成过程来看，"二者的形成既是社会实践的自发生产过程，又是一个不断建构过程，其发展旨归都是为我国社会朝着积极健康的方向迈进。"① 因此，社会主义核心价值观能够引领健康社会心态的生成与走向，反过来，健康的社会心态也能够带动人民大众真正把社会主义核心价值观转化为心理认同、情感认同和行为习惯，从而融入新时代社会日常生活的各个方面，二者的运动态势是同向发展中的逻辑演进。正因如此，我们研究探讨社会主义核心价值观引领新时代大学生健康社会心态的实践路径既是科学理论召唤，也是新时代大学生思想政治教育所面临的现实任务所在。

（三）社会主义核心价值观引领新时代大学生健康社会心态的实践路径

培育和践行社会主义核心价值观，要以培养担当民族复兴大任的时代新人为着眼点。在高校青年大学生中培育健康的社会心态是培养时代新人的重要实践内容。用社会主义核心价值观引领新时代大学生形成健康社会心态，实现社会主义核心价值观由理论认同向心理认同，由心理认同向情感认同，由情感认同向行为认同的实践过程需要

---

① 王学俭、李媛媛：《社会主义核心价值观与社会心态优化的同向互动》，《中共浙江省委党校学报》2015 年第 3 期。

通过科学有效的实践路径来完成。根据新时代大学生思想政治教育面临的新形势、新要求，新任务，为了引导、规范、调节、约束大学生形成健康的社会心态，就要构建以理论创新为塔尖，教育引导、舆论宣传、文化熏陶、制度保障为塔身，实践养成为塔基的"金字塔式"育人模式。

1. 理论创新：建构培育新时代大学生健康社会心态的价值根基

思想理论界要深入推进对社会主义核心价值观的研究，为政策制定提供切实有效的理论依据是新时代哲学社会科学工作者的责任和使命。比如社会主义核心价值观24字中的"公正"，科研工作者要对"公正"的本质、内涵、类型、价值、实现方式等问题作出科学的阐释，并从学理上论证"公正"作为社会主义核心价值观的依据及实现路径等。从而在理论研究成果的基础上，制定符合社会和人民实际的政策，让人民在政策的实施中享有获得感，实现对日益增长的美好生活需要，只有这样，社会主义核心价值观才能真正扎根于人民心中。具体到大学生健康心态的培育而言，哲学社会科学工作者要通过不断的理论创新来提升社会主义核心价值观对新时代大学生健康社会心态的时代引领力、理论感召力、现实影响力，从而实现真正在大学生当中入脑、入心、入行。马克思说："理论一经掌握群众，也会变成物质力量。"大学生群体拥有健康的社会心态，把社会主义核心价值观的理念与精髓贯穿到日常生活的点点滴滴之中，可以带动社会上更多人对社会主义核心价值观的自觉认同与践行。"理论只要说服人，就能掌握群众；而理论只要彻底，就能说服人。所谓彻底，就是抓住事物的根本。"① 因而，哲学社会科学工作者必须通过理论的深化与创新，用不断丰富的理论成果，为社会主义核心价值观引领新时代大学生健康社会心态提供强有力的价值根基。

2. **教育引导：形成家庭、学校、社会教育相结合的协同育人合力**

家庭教育引导方面，父母是孩子最好的老师，家庭教育是一个人接受最早、时间最长、影响最深的教育。古人云"忠厚传家久，诗书继世长"，良好的家教、家风、家训对子女具有潜移默化的引导作用，父母把社会主义核心价值观中文明、和谐、诚信、友善的理念营造在健康的家庭氛围中，让子女从小形成健全的性格，养成良好的独立意识、社会责任感和正确的习惯，树立关爱、合作、宽容、创新、感恩的现代意识，这是培养大学生健康心态的首要保障，是帮助他们开创生命格局的第一个窗口。学校教育引导方面，高校要把培育大学生健康社会心态纳入"十大育人体系"之中，将民主、文明、和谐的价值理念贯穿在学校的行政文化和决策部署中；将自由、平等、公正、法治的价值追求贯穿在大学生奖助学金评定、评优评先、推荐免试研究

---

① 《马克思恩格斯选集》（第 1 卷），北京：人民出版社，1995 年，第 56 页。

生、发展学生党员、学生干部竞选、班级以及社团等学生组织的管理、违纪学生处理等学生工作重要事务当中；将诚信、友善的品德品性追求浸润在学生的日常行为管理之中，体现在教师与教师、教师与学生、学生与学生的日常人际交往之中，融会在丰富多彩的校园文化活动之中，从而使大学生能够在这样的教育氛围中感受到社会主义核心价值观真正像空气一样无所不在，这样才能将社会主义核心价值观中个人、社会、国家三个层面的价值追求聚合于大学生的精神成长和观念形成之中，进而转化为一种实践自觉。社会教育引导方面，引导大学生主动到各地图书馆、博物馆、纪念馆、展览馆、艺术中心等文化教育机构参观学习，在厚重的历史文化、典型的精神事迹、灿烂的文化魅力中学思践悟，领会核心价值观的形成脉络和历史逻辑。引导大学生主动参加青年志愿者服务、社会调研、专题实践、红色文化基地和干部学院考察学习培训等活动，在广阔的社会熔炉中感受世情、国情、党情、民情的变化，用更广阔的胸怀和更积极的心态面对我们生活的世界和自我，体会核心价值观对于社会及每个人的重要意义，形成家庭、学校、社会三管齐下的立体教育引导体系。

3. 舆论宣传：营造培育新时代大学生健康社会心态的良好舆论生态

当前传统的传播方式已经让位于网络互动式的传播方式，据中国互联网络信息中心（CNNIC）发布的统计报告显示，截至 2018 年 12 月，我国网民规模达 8.29 亿，互联网普及率为 59.6%；手机网民规模达 8.17 亿，网民通过手机接入互联网的比例高达 98.6%。对于当下青年大学生来说，电脑、手机已经成为学习生活的标配，互联网不仅是大学生获取信息的主要来源之一，而且建构起了大学生学习生活、人际交往、情感表达、日常消费的途径与方式。然而不容忽视的是，"现在的移动终端所形成的自媒体现象，使传播成为大众交互式的，并且变得越来越具有自发性、随意性，信息呈现碎片化趋势，反映的往往是不同人群的及时感觉。"[1] 移动互联网技术、新媒体技术的发展，融媒体的出现，全媒体时代的到来，使得高校对大学生的情感心态治理和价值培育面临着严峻的考验，"社会心态的'网络感染'已然无法回避。网络空间下，人们的心态异常复杂、行为变幻莫测，'易感群体'极易形成，个体心态很容易演变为群体心态。互联网正在以巨大能量释放原先被传统传播结构所抑制的活力，激发社会成员的意见表达欲望。"[2] 因此，无论是传统报纸、期刊、杂志、广播还是新兴网络媒体、影视传媒等，在进行舆论宣传的过程中，首先要保障健康的媒体供给，营造清朗的网络空间，构建良好的舆论生态；其次要创新

---

[1] 韩震：《社会主义核心价值观与中国文化国际传播》，北京：中国人民大学出版社，2017 年，第 32 页。

[2] 陈朋：《当前社会心态状况及其引导》，《学习时报》2017 年 3 月 29 日。

社会主义核心价值观宣传教育模式，将理论创新的成果融入日常生活的环节设计中，比如《人民网》这些传统的主流媒体平台也开始设置《夜读》等文艺栏目，关注不同人群的日常生活和心理感受，以更加"走心"，更加"接地气"的方式来走进读者的内心，有助于充分发挥媒体的作用来涵养健康的社会心态；再次要通过技术革新、媒体融合、平台拓展等方面的努力，迎接全媒体时代的机遇和挑战，根据青年大学生不断变化提升的媒体素养、媒介使用习惯和特点，探索并创设培育健康社会心态的有效路径和方法。

4. 文化熏陶：提升培育新时代大学生健康社会心态的"以文化人"力量

文化与心理是两个紧密联系的概念，二者相互影响，互为因果。"心理模式是影响人们行为方式的基本信念。文化是一个更广泛的、宏观层次上的变量。心理模式适用于个人和人群，而且是可识别的和可变的。文化反映的是个人心理模式的总和，反过来又影响着个人所具有的心理模式的类型。"[①] 社会主义核心价值观所包含的深层文化基因对于社会的成员的心理状态起着非常重要的感召和影响作用，因此培育大学生健康心态也需要我们充分发挥文化"润物细无声"的作

---

① ［美］塞缪尔·亨廷顿、劳伦斯·哈里森主编：《文化的重要作用——价值观如何影响人类进步》，北京：新华出版社，2013年，第345页。

用。首先，让中华优秀传统文化滋养心灵。中华优秀传统文化作为中华民族的血脉基因，影响着人们的心理状态和行为方式，青年大学生自觉学习、传承、推广中华优秀传统文化，可以产生以文育人，以文化人的力量和效果。日常生活中，央视的《朗读者》《中国诗词大会》《经典永流传》等节目的制作与传播就发挥了浸润心灵、滋养人生的文化熏陶作用。其次，让革命文化熔铸精神。革命文化指"作为革命文化资源承载的物质和非物质文化"。① 我们可以通过带领大学生实地考察革命遗址、纪念地，开展课内课外实践教学、分享交流学习体会等方式，让革命文化薪火相传，融入新时代大学生精神成长的文化基因。再次，让社会主义先进文化涵育人生。社会主义先进文化是我们非常宝贵的精神文化资源，立足新时代，我们要通过课堂教学、社会实践、实施"青年马克思主义者培养工程"、加强基层党建工作等让社会主义先进文化成为大学生思想成长的文化底色，不断增强大学生文化自信、引领其形成健康心态。

5. 实践养成：强化培育新时代大学生健康社会心态的关键环节

强化实践养成，是社会主义核心价值观引领新时代大学生形成健康社会心态的关键环节。首先需要高校、家庭、社会通过科学引导、规范管理、自我约束等方式提升培育大学生健康社会心态的意识，真

---

① 潘宏：《论革命文化的时代价值》，《光明日报》2018年10月9日。

正把这一意识融入学校、家庭教育和社会文化氛围营造中，融入大学生日常学习、生活的方方面面，在对健康社会心态的精心培育中切实提升人才培养质量。其次是大学生主体要提升自我心态调节适应能力，健康的心态是大学生成长、成功路上必不可少的素质，有助于青年大学生拓展思维的深度，学会独立地思考，养成良好的习性，形成健全的人格，它与一个人未来人生和事业能达到的高度成正相关关系，所以大学生要通过理论的学习、实践的锻炼、方法的习得，提升自我心态管理和调试能力，不断提升和完善自我。再次要强化实践养成的效果，切实做到知行合一。社会主义核心价值观的培育与践行，大学生健康社会心态的塑造与引领，只有在实践养成中才能真正实现知行合一。"知"是思想引领，"行"是实践转化，知中有行，行中有知，二者相辅相成，共同促进。社会主义核心价值观对新时代大学生健康心态的引领只有在对"知行合一"的理论认知、"知行合一"的价值追求中抵达实践养成的逻辑终点，才能最终转变为提升大学生思想政治素质、科学文化素质、心理健康水平、品德品性修养、个体行为能力等各方面全面发展的物质力量。

6. 制度保障：构筑培育新时代大学生健康社会心态的长效机制

制度的顶层设计与落地实施承载着社会的核心价值理念，是价值维系和价值实现的根本途径，也是核心价值理念付诸实践的有力保障。用社会主义核心价值观引领新时代大学生健康社会心态同样离不开制度层面的保障。"价值理念和制度政策之间一般存在两种关系：如果核心价值理念与制度政策中蕴含的价值取向相一致，核心价值观在践行中就会得到强化，从而呈现一种正向关系；如果核心价值理念与制度政策中蕴含的价值取向相背离，则不但该核心价值观无法在社会中真正生根，可能还会引发社会中的价值冲突，最终造成社会价值观的混乱和价值虚无主义的盛行。"① 因此，无论是国家层面针对高等教育发展的制度政策，针对青年发展的《中长期发展规划》，针对大学学生行为管理的《高等学校学生行为准则》《普通高等学校学生管理规定》《全国青少年网络文明公约》，还是学校层面针对大学生成长成才的学生综合考评制度、奖励与惩罚制度、心理危机干预制度、校园文明养成制度、攻读硕博研究生制度、科研评价与管理制度、时间管理制度、宿舍管理制度等，在其制定和实施的过程中，只有充分体现核心价值理念，才能做到让学生心服口服，从而形成自尊自信、理性平和、积极向上的社会心态，从政策认同转化为心理认同，进而转化为行为认同。

综上，社会心态和社会的核心价值观之间既具有相融相通的统一

---

① 徐伟新等：《社会主义核心价值观研究》，北京：中共中央党校出版社，2016年，第 171 页。

性又具有相互适应相互影响或者改变的矛盾性。大学生的社会心态也不是一成不变的，而是不断随着实践发展而动态发展变化的，具有实践性、多变性、群体性、弥散性等特征，一个社会的核心价值观能否在青年大学生当中落地生根，做到入脑、入心、入行，一定程度上取决于该价值观能否植根于青年大学生的社会心态之中，并通过加强稳定、健全、积极、健康、向上的社会心态建设，进一步强化大学生对社会所倡导的核心价值观的深度认同与主动践行。新时代，面对青年大学生当中存在的不良社会心态，我们要在全面把握社会主义核心价值观与青年大学生社会心态的逻辑关系中遵循以上实践路径，不断增强社会主义核心价值观在理论锻造、思想感化、政治素养提升与文化价值引领方面的有效性，引导大学生形成自尊自信、理性平和、积极向上的社会心态。

参考文献

马克思主义经典文献类：

［1］马克思恩格斯文集（第 1—10 卷）［M］.北京：人民出版社，2009.

［2］列宁，列宁论文学与艺术［M］.北京：人民文学出版社，1983.

［3］毛泽东选集（第 1—4 卷）［M］.北京：人民出版社，1991.

著作类：

［1］刘小枫主编.中国文化的特质［C］.北京：生活·读书·新知三联书店出版，1990.

［2］杨雄.当代青年文化回溯与思考［M］.郑州：河南人民

出版社，1992.

[3] 李准、丁振海主编.毛泽东文艺思想全书 [M].长春：吉林文学出版社，1992.

[4] 李杨.抗争宿命之路——"社会主义现实主义"（1942—1976）研究 [M].长春：时代文艺出版社，1993.

[5] 谢冕等主编，诗探索，1994年第2辑总第14辑 [C].北京：首都师范大学出版社，1994.

[6] 马克思恩格斯选集（第1卷)[M].北京：人民出版社，1995.

[7] 周海波.青春文化与"五四"文学 [M].天津：百花文艺出版社，1996.

[8] 方正，金汕，陈义风，孟固.青春的浩劫——来自东方神坛的档案 [M].北京：中国社会出版社，1996.

[9] 孟繁华.众神狂欢：当代中国的文化冲突问题 [M].北京：今日中国出版社，1997.

[10] 李辉编著.摇荡的秋千——是是非非说周扬 [C].深圳：海天出版社，1998.

[11] 李辉编著.残缺的窗栏板——历史中的红卫兵 [C].深圳：海天出版社，1998.

［12］洪子诚.中国当代文学史［M］.北京：北京大学出版社，1999.

［13］丁帆，王世诚.十七年文学："人"和"自我"的失落［M］.开封：河南大学出版社，1999.

［14］张炯.社会发展与中国文学［M］.北京：学习出版社，2000.

［15］张新蚕.旧情书——七十年代工农兵大学生书信精选［M］.北京：作家出版社，2000.

［16］董之林.追忆燃情岁月——五十年代小说艺术类型论［M］.郑州：河南人民出版社，2001.

［17］宋剑华.百年文学与主流意识形态［M］.长沙：湖南教育出版社，2002.

［18］程青松、黄欧.我的摄影机不撒谎［M］.北京：中国友谊出版公司，2002.

［19］陈映芳.在角色与非角色之间——中国的青年文化［M］.南京：江苏人民出版社，2002.

［20］郑春.精神与局限——二十世纪中国文学两级透析［C］.济南：山东大学出版社，2002.

［21］何言宏.中国书写：当代知识分子写作与现代性研究

［M］.北京：中央编译出版社，2002.

［22］樊国宾.主体的生成：50年成长小说研究［M］.北京：
中国戏剧出版社，2003年.

［23］胡风.胡风三十万言书［M］.武汉：湖北人民出版社，
2003.

［24］董之林.旧梦新知——十七年小说论稿.桂林：广西师
范大学出版社，2004.

［25］钱理群，黄子平，陈平原.二十世纪中国文学三人
谈·漫说文化［C］.北京：北京大学出版社，2004.

［26］陈旭光.当代中国影视文化研究［M］.北京：北京大学
出版社，2004.

［27］李从军.价值体系的历史选择［M］.北京：人民出版
社，2004.

［28］周星.中国电影艺术发展史教程［M］.北京：北京师范
大学出版社，2005.

［29］贾英健.全球化背景下的民族国家研究［M］.北京：中
国社会科学出版社，2005.

［30］旷新年.写在当代文学边上［M］.上海：上海教育出版
社，2005.

［31］陈思和主编. 中国当代文学史教程（第二版）［M］. 上海：复旦大学出版社，2005.

［32］董健，丁帆，王彬彬. 中国当代文学史新稿（修订本）［M］. 北京：人民文学出版社，2005.

［33］王蒙. 王蒙自传第一部·半生多事［M］. 广州：花城出版社，2006.

［34］刘忠. 20 世纪中国文学主题研究［M］. 北京：社会科学文献出版社，2006.

［35］刘志荣. 潜在写作：1949—1976［M］. 上海：复旦大学出版社，2007.

［36］刘广涛. 二十世纪中国青春文学史研究——百年文学青春主题的文化阐释［M］. 济南：齐鲁书社，2007.

［37］陈映芳. "青年"与中国的社会变迁［M］. 北京：社会科学文献出版社，2007.

［38］唐小兵编. 再解读——大众文艺与意识形态［C］. 北京：北京大学出版社，2007.

［39］吴秀明主编. "十七年"文学历史评价与人文阐释［C］. 杭州：浙江大学出版社，2007.

［40］戴锦华. 电影理论与批评［M］. 北京：北京大学出版

社，2007.

[41] 李辉. 胡风集团冤案始末（解开羁绊中国知识分子几十年的心锁）[M]. 北京：人民日报出版社，2010.

[42] 杨远婴. 电影理论读本北京：世界图书出版公司，2012.

[43] 周星、张燕. 中国电影历史全景关照——110 年电影重读思考文集 [M]. 北京：中国电影出版社，2015.

[44] 徐伟新等. 社会主义核心价值观研究 [M]. 北京：中共中央党校出版社，2016.

[45] 韩震. 社会主义核心价值观与中国文化国际传播 [M]. 北京：中国人民大学出版社，2017.

[46] [法] 居伊·德波，张新木译. 景观社会 [M]. 南京：南京大学出版社，2017.

[47] 罗钢、刘象愚. 文化研究读本 [M]. 北京：中国社会科学出版社，2000.

[48] 徐秀明. 遮蔽与显现：中国成长小说类型学研究 [M]. 北京：中国社会科学出版社，2013.

[49] [美] 玛格丽特·米德，周晓红、周怡译. 文化与承诺 [M]. 石家庄：河北人民出版社，1987.

[50] [捷] 米兰·昆德拉，景凯旋译. 生活在别处 [M]. 北

京：作家出版社，1991.

[51] 中央党校采访实录编辑室，习近平的七年知青岁月，北京：中共中央党校出版社，2017.

[52] [美] 埃里克·H·埃里克森，孙名之译.同一性：青少年与危机 [M].杭州：浙江教育出版社，1998.

[53] [英] 安吉拉·默克罗比，田晓菲译.后现代主义与大众文化 [M].北京：中央编译出版社，2001.

[54] [英] 乔治·拉伦（Jorge Larrain），戴从容译.意识形态与文化身份：现代性和第三世界的在场 [M].上海：上海教育出版社，2005.

[55] [美] 大卫·波德维尔、克里斯汀·汤姆森，曾伟祯译.电影艺术：形势与风格 [M].北京：世界图书出版公司，2008.

[56] [加拿大] 马歇尔·麦克卢汉，何道宽译.理解媒介：论人的延伸 [M].北京：译林出版社，2011.

[57] [美] 霍华德·加德纳、凯蒂·戴维斯著，李一飞、金阳译.APP一代：网络化科学的新时代 [M].北京：电子工业出版社，2015.

[58] [法] 居伊·德波著，张新木译.景观社会 [M].南京：

南京大学出版社，2017.

［59］［美］塞缪尔·亨廷顿、劳伦斯·哈里森.文化的重要作用——价值观如何影响人类进步［M］.北京：新华出版社，2013.

［60］［法］居伊·德波.张新木译.景观社会［M］.南京：南京大学出版社，2017.

论文类：

［1］何其芳.改造自己，改造艺术［N］.解放日报，1943-4-3.

［2］许子东.当代文学中的青年文化心态——对一个小说人物心路历程的实例分析［J］.上海文学，1989（6）.

［3］李新宇."文革"诗歌略论［J］.齐鲁学刊，1993（3）.

［4］韩毓海.中国当代文学的发生与现代性问题［J］.上海文学，1994（11）.

［5］谢冕.青春的激情：文学和作家的骄傲［J］.海南师范学院学报（人文社会科学版），1997（3）.

［6］当代学者、评论家谈中国当代文学.中华读书报［N］.1999.9.29.

［7］当代作家谈自己喜欢的当代作品.中华读书报［N］.1999.9.29.

［8］陈思和.试论当代文学史（1949—1976）的"潜在写作"［J］.文学评论，1999（6）.

［9］符杰祥.论左翼浪漫主义文学思潮的青春文化品格［J］.东方论坛，2000（2）.

［10］郑春.卓异的、缺失的和永恒的——试论"十七年"文学创作的爱国情结［J］.山东大学学报（哲学社会科学版），2000（4）.

［11］张全之."无地自由"时代的文化选择——重识现代左翼文化传统［J］.粤海风，2000（1）.

［12］王家平.节日庆典与广场狂欢——红卫兵诗歌的精神特质之一［J］.中国现代文学研究丛刊，2001（1）.

［13］李杨."文学史意识"与"五十到七十年代中国文学"［J］.江汉论坛，2002（3）.

［14］陈思广.身份的印迹——透视17年小说的一个思路［J］.中国地质大学学报（社会科学版），2003（5）.

［15］沙林.评论家探讨主旋律应该怎么写——把书写进土地里［N］.中国青年报，2003-9-6.

［16］李遇春.论20世纪40—70年代中国作家的革命英雄情结［J］.天津社会科学，2003（4）.

［17］刘广涛. 百年青春档案——20 世纪中国小说中的青春主题研究［D］. 苏州大学，2003.

［18］汪洁. 分裂的诗魂——食指诗论（1965—1979)［J］. 晋阳学刊，2004（4）.

［19］宋剑华. 苦涩记忆中的"文革文学"：文学史意义与审美价值的评估［J］. 理论与创作，2004（3）.

［20］旷新年. 人民文学：未完成的历史建构［J］. 文艺理论与批评，2005（6）.

［21］李焰，赵君. 大学生幸福感及其影响因素的研究［J］. 清华大学教育研究，2005（1）.

［22］罗增让，王佳利. 大学生主观幸福感影响因素分析［J］. 当代青年研究，2005（10）.

［23］张志忠. 现代民族共同体的想象与认同——论"十七年"文学的现代性品格［J］. 文史哲，2006（1）.

［24］陈墨. 当代中国青年电影发展初探［J］. 当代电影，2006（3）.

［25］白亮. "左翼"文学精神与底层写作［J］. 江汉大学学报（人文科学版），2007（4）.

［26］张光芒. 时代夹缝中的启蒙碎片——对"十七年文学"

的价值重估 [J]. 学术月刊, 2007 (6).

[27] 许欣. 论新时期文学中的青春文化品格 [D]. 苏州大学, 2007.

[28] [美] 唐小兵著, 张清芳译. 抒情时代及其焦虑: 试论《年轻的一代》所展现的社会主义新中国 [J]. 海南师范大学学报 (社会科学版), 2008 (1).

[29] 许军娥. 从阅读文学经典的视角关注大学生人文素质教育 [J]. 湖北社会科学, 2008 (2).

[30] 戚学英. 从阶级规训到身份认同——建国初期作家身份的转换与当代文学的生成 [J]. 中国文学研究, 2008 (2).

[31] 高京. 文学的追寻与自我的可能——论中国当代文学中的青春写作 [D]. 西北大学, 2008.

[32] 贺仲明. 新民族国家与 "十七年文学" 的身份认同 [J]. 南京社会科学, 2009 (4).

[33] 顾广梅. 中国现代成长小说研究 [D]. 山东师范大学, 2009.

[34] 李杨. "人在历史中成长"——《青春之歌》与 "新文学" 的现代性问题 [J]. 文学评论, 2009 (3).

[35] 邱吉. 当前社会心态的考察分析与实践引导 [J]. 中国

特色社会主义研究，2012（2）.

[36] 宜文、孙婧.探讨与互动——"日本青春电影国际研讨会"综述 [J].当代电影，2012（6）.

[37] 刘杰，胡克，皇甫宜川，吴冠平.《青春派》四人谈 [J].当代电影，2013（8）.

[38] 周夏.人格·身体·存在——中国当代女导演电影分析（1978—2012）[J].当代电影，2013（1）.

[39] 熊立.电影里的"中国梦"[N].中国艺术报，2013-04-22（3）.

[40] 陆嘉宁.中国式青春——评《致我们终将逝去的青春》[J].电影艺术，2013（4）.

[41] 聂伟.青春"初老症"与青年资本暴力 [J].当代电影，2013（7）.

[42] 周清平.跨媒体实践中的文化基因融合与裂变 [J].当代电影，2014（4）.

[43] 王群.北京爱情故事：一个缺失爱情故事的爱的预言 [J].当代电影，2014（4）.

[44] 杜沛.近期台湾青春片的主题与类型研究 [J].当代电影，2014（6）.

［45］付宇.类型的困惑：青春电影火爆背后的迷茫［J］.电影艺术，2015（2）.

［46］王秀杰.近年来中国大陆"青春电影"的类型化趋势探究［J］.当代文坛，2015（6）.

［47］王学俭，李媛媛.社会主义核心价值观与社会心态优化的同向互动［J］.中共浙江省委党校学报，2015（3）.

［48］付宇.类型的困惑：青春电影火爆背后的迷茫［J］.电影艺术.2015（2）.

［49］雷文君.1990年代以来我国大陆青春电影中的青年亚文化研究［D］.重庆工商大学硕士学位论文，2016.

［50］李云雷.全球化时代的"失败青年"［J］.文艺报，2016-3-25.

［51］韩丽颖.社会心理与社会核心价值观本质关系的理解与运用［J］.教学与研究，2016（5）.

［52］张建珍、吴海清.从转型社会到新常态社会的青春片——中国当下青春片的去政治化研究［J］.电影艺术，2017（3）.

［53］聂伟、杜梁.国产青春片：基于供给侧创新的类型演进［J］.电影艺术，2017（3）.

［54］李道新、浦剑、孙佳山.时代的焦虑——"小鲜肉"及其文化征候解读［J］.当代电影，2017（8）.

［55］陈朋.当前社会心态状况及其引导［N］.学习时报，2017-3-29.

［56］张建珍、吴海清.从转型社会到新常态社会的青春片——中国当下青春片的去政治化研究［J］.电影艺术，2017（3）.

［57］潘宏.论革命文化的时代价值［N］.光明日报，2018-10-09.

［58］王龙洋.论"十七年"文学的青春叙事［J］.青海社会科学，2019（2）.

［59］唐越.论延安时期至70年代文学中的"成长"书写［D］.南京大学，2020.

［60］周荣，孟繁华."十七年"现实主义文学批评的内在建构与冲突——以《创业史》《红旗谱》《青春之歌》《百合花》的批评活动为例［J］.当代文坛，2020（3）.

［61］王潇."十七年"文学"知识分子新人"型构再思考——兼论《红豆》与《青春之歌》的"新人"想象［J］.海南师范大学学报，2020（5）.

后 记

呈现在读者面前的这本小书是以硕士论文为基础，经过反复修改和内容扩充，加上笔者近几年的相关研究成果而形成的。遥指一算硕士毕业已经 11 年了，毕业论文也沉寂了这么久，期间一直从事一线大学生思想政治教育工作，"5+2""白 + 黑"可以说是我们工作的常态，加上家里孩子小，一直没有把修改出版提上日程。但是，行政工作之余，内心对学术的追求从未停止，我不停地提醒自己要坚持把读书、科研融入工作，融入生活。鲁迅先生说："时间就像海绵里的水，只要愿挤，总还是有的。"工作 11 年来，在领导、老师、家人的指导和督促下，我始终关注学界动态，也一直在挤时间读书、写作，不断开阔学术视野，拓展思维边界，推进实践创新。

本书有幸得到出版，首先要衷心感谢我的硕士导师曹书文教授，从学位论文选题到具体章节安排，从学业指导到职业发展规划，曹老师总是给出及时、关键、到位的提醒、关心和帮助，指导我们沿着理想的目标不断迈进；感谢马福运教授，在多年工作、学习中给予我的大力支持和鼎力相助，并在工作非常繁忙的情况下为本书慷慨赐序；感谢河南师范大学马克思主义学院对本书出版给予的大力支持；感谢家人对我事业、学业的大力支持和辛苦付出；感谢上海三联书店郑秀艳女士，为本书的出版付出了大量心血。

由于水平有限，本书对 20 世纪 50—70 年代文学中的青春心态及其德育价值的研究，深度挖掘还不够，跨学科研究的能力和水平还需要进一步提升，还望各位读者谅解，不足之处，敬请各位读者多提宝贵意见并予以斧正。

王秀杰

河南师范大学马克思主义学院

2021 年 7 月

图书在版编目(CIP)数据

20世纪50—70年代文学中的青春心态与德育价值研究 /
王秀杰著. —上海：上海三联书店, 2022.7
(河南师范大学马克思主义"牧野论丛")
ISBN 978-7-5426-7558-3

Ⅰ.①2… Ⅱ.①王… Ⅲ.①中国文学-当代文学-
文学研究-20世纪 Ⅳ.①I206.7

中国版本图书馆CIP数据核字(2021)第207649号

20世纪50—70年代文学中的青春心态与德育价值研究

著　　者 / 王秀杰

责任编辑 / 郑秀艳
装帧设计 / 一本好书
监　　制 / 姚　军
责任校对 / 张大伟　王凌霄

出版发行 / 上海三联书店

　　　　(200030)中国上海市漕溪北路331号 A 座 6 楼
邮　　箱 / sdxsanlian@sina.com
邮购电话 / 021-22895540
印　　刷 / 上海惠敦印务科技有限公司

版　　次 / 2022年7月第1版
印　　次 / 2022年7月第1次印刷
开　　本 / 890mm×1240mm　1/32
字　　数 / 150千字
印　　张 / 7.5
书　　号 / ISBN 978-7-5426-7558-3/I·1726
定　　价 / 45.00元

敬启读者,如发现本书有印装质量问题,请与印刷厂联系 021-63779028